修訂版

中學生文學精讀・古文

陳耀南　選注

責任編輯	舒　非　張艷玲
書籍設計	陳德峰

書　　名	中學生文學精讀・古文（修訂版）
選 注 者	陳耀南
出　　版	三聯書店（香港）有限公司
	香港北角英皇道 499 號北角工業大廈 20 樓
	Joint Publishing (H.K.) Co., Ltd.
	20/F., North Point Industrial Building,
	499 King's Road, North Point, Hong Kong
香港發行	香港聯合書刊物流有限公司
	香港新界大埔汀麗路 36 號 3 字樓
印　　刷	美雅印刷製本有限公司
	香港九龍觀塘榮業街 6 號 4 樓 A 室
版　　次	2014 年 7 月香港第一版第一次印刷
	2019 年 6 月香港第一版第三次印刷
規　　格	特 16 開（150 × 210 mm）256 面
國際書號	ISBN 978-962-04-3582-9

© 2014 Joint Publishing (H.K.) Co., Ltd.

Published & Printed in Hong Kong

目錄

凡例

一、本書精選上古至清代短篇文章，分作者簡介、題解、語譯、注釋、賞析等項，以供有志於中國文學者參考。

二、作者簡介、題解、賞析等項，詳略繁簡，隨人隨文而異，並不強求一律。

三、語譯部分，謹以句斟字酌，並列比照，以利觀覽。如遇文言隱去而語體宜加處，以括號表示，力求與原文辭意神氣契合。其有協韻者，亦盡量依用原韻。

四、注釋盡量簡約，而不引經據典。可在語譯中表明者不另贅注。

五、限於篇幅，未能多所選入；已選作者亦唯採短文，或節錄長篇。遺珠之憾，以俟他日。

前言

我們現在為甚麼還要讀一些中國古代文章？

第一，是要了解人性人情，以洞明世務；

第二，是要了解中國文化精神，以知所承繼；

第三，是要增加文學修養，以提高表達能力和藝術樂趣。

以上三點，對各行各業、甚麼年齡的人，都是重要的。

首先，物質科技的確是日新月異的，但古往今來的人性人情，卻大同小異。人性人情，便是文學藝術的基礎。當然，工商世界與農業社會兩者的生活環境不同，人的做法與想法也自然有異；不過，親情友誼之可珍，天道命運之可疑，山水田園之可愛，鬥爭殘殺之可懼，許多情節，固然「太陽之下無新事」，許多感受，也是古今中外，如出一轍。這也是不同時代、不同地域的有關作品，能夠引起共鳴的原因。我們也藉此而對人對己、對事對理，都增加了解。此其一。

其次，最基本的人性人情，便是求幸福地生存、求不斷地進步。為了提升物質與精神各方面的生活質素，人就作出種種努力，表現為宗教、哲理、道德、法律、政治、經濟、科技、藝術……等等，其成績總和，便

稱之為「文化」。文化是代代承傳的，正如長河巨川，不可斬斷。文學是文化的一環，也是與日常語言文字關係最密的一種藝術。通過前人在這方面的成就，我們最容易了解文化精神的所在，於是知其得失，可以有所承繼。此其二。

第三，時有古今，地有南北，字有更革，音有轉移；但是，那演變是緩慢的、逐漸的、後先相繼的。以中文而論，語法、詞彙，都大體相通，甚或一致；而字體的長期統一、穩定，更給我們以直接閱讀的重大方便。古人文章超奇的想像、高雅的情思、縝密的謀篇、精煉的構句、優美的措詞、流暢的律調、諧協的聲韻，在在都給讀者以藝術的沾溉；讓我們欣賞之時，有無窮的趣味；運用之時，有無盡的營養。此其三。

當然，時世不同，讀者的心境有異，即使欣賞同一作品，那詮釋、感受有時也會分別——這點，明清之際的王船山，早已在現代西方「接受美學」興起之前講過——也因此，現代我們讀中國古人的文章，可以在欣賞與評論方面，繼續增加新解，於是又一點一滴地豐富了整體的文化。

所以，前人的智慧，是現代的參考；文言的典範，是語體的營養；而今人的努力，又反過來把古代的成就發揚光大——或者考驗、淘汰。事實上，古人的寫作雖然比不上現代人那麼容易，古代的壞作品也理所當然地為數不少。好在，這些東西的絕大部分，都經不起無情的時間考驗而消失了。所謂「美斯愛，愛斯傳」，歷代家傳戶誦的精品，它們的傳達的信息，變成了人們的價值觀念；它們的名言佳句，變成了日用的成語諺語，從通都大邑到窮鄉僻壤，都共同表現了民族的文化。

譬以本書所選的四十多篇短文而論，它們的主題和雋語，就表現了中國傳統的「三達德」：——

首先是「智」。「智」是對事物情理的洞悉。《左傳》的「**一鼓作氣，再衰三竭**」，道出了「衝勁」的可貴而又難以持久；「**隣之厚，君之薄**」，

又是國際基本矛盾的真正認識。西周的智者，已經昭示「**防民之口，甚於防川**」(《國語》)，現代人如果缺乏這種政治胸襟，就真應愧死。為人師表的，更應當取法孔子的鼓勵學生「**各言爾志**」(《論語》)。善學莊子的「**目無全牛**」，我們便容易「**游刃有餘**」地做事。讀了《左傳·燭之武退秦師》，我們知道「弱國」不一定就「無外交」，而身為領袖，最可貴的是能夠禮賢下士，而誠懇地道歉。《韓非子》的「**互相矛盾**」、「**狗猛酒酸**」，都是生動的比喻。《戰國策》裏面的「**鄒忌與徐公**」，促使人們面對阿諛時懂得反省。《史記·貨殖列傳》展示了千百年後西方經濟學家所美稱的「無形之手」。《世說新語》謝安的故事，闡釋了為甚麼「身教」重於「言教」。謝道韞「**柳絮因風**」的設擬，讓千多年前的人醒覺女性的藝術才質，從來都勝過許多男兒。劉禹錫「**唯吾德馨**」的自信，喚醒了許多人問舍求田的迷執。韓文公的短札與雜說，啟示了「用人」與「為文」的真理。王文公的短文，從反面揭示有天才不可無教育。……諸如此類，都可以使讀者的智慧有所增長。

然後是「仁」。「仁」是無限的愛心，也是儒家所標舉的萬德之本。「**鳥獸不可與同群**」(《論語》)，我們因此尊重避世的「隱士」，但更崇敬用世的「志士」；而只要堅持理想，不斷努力，充分表現了人類愛的「**天下為公**」(《禮運：大同·小康》)不會是永難實現的理想。「大同」或者還是遙遠了，要亂世恢復「小康」，要報答故主的知己，要扶持子姪般的領袖，諸葛亮以種種愛心而滙成的責任感，鞠躬盡瘁，在感人肺腑的〈出師表〉中，展示了一顆「兩朝開濟」的老臣之心。在驚覺政治的黑暗與冷酷之後，「**悟已往之不諫，知來者之可追**」的陶潛，毅然捨官歸去，移情於「欣欣向榮」的田園草木，甚至「**不足為外人道**」的桃源幻境。比幻境容易「問津」的，是吳均與陶弘景筆下的江南山水。同樣地愛山愛水，但絕不放棄仁民愛物的，是「**醉翁之意不在酒**」，獨樂與眾樂合一的歐陽「文

忠」，和「先天下之憂而憂，後天下之樂而樂」的范「文正」，甚至在《世說新語》記載的「新亭對泣」中 ，號召朋友化悲憤為力量的王導。要貫徹國家社會之愛，自然先要愛護人才，人才不單是王安石所鄙夷的「**雞鳴狗盜之士**」（〈讀孟嘗君傳〉），更不是劉基筆下「**金玉其外，敗絮其中**」的高官大將（〈賣柑者言〉），不過，如果不受栽培（〈傷仲永〉），或者未逢「**伯樂**」（〈雜說四〉），甚至變成龔自珍誓要救治的「病梅」（〈病梅館記〉），那就值得關心社會的人，特別是身居九五之尊，準備「**噓氣成雲**」，「**神變化，水下土**」的靈龍（〈雜說一〉），好好反省了。至於周溪濂鍾情於「**出淤泥而不染**」的花中君子（〈愛蓮說〉），而李青蓮又在〈春夜宴桃李園序〉中高唱：「**天地者萬物之逆旅，光陰者百代之過客**」，「**浮生若夢，為歡幾何**」，「**陽春召我以煙景，大塊假我以文章**」，真箇秀句如珠，噴薄而出，都是源於深摯的生命之愛。

「仁者必有勇」，「勇」是一種現諸行動的強大精神力量。這力量使人在苦難艱困中，拔升自己。《孟子》的「**生於憂患、死於安樂**」一章，對勞苦空乏、挫折重重的人，是最有力的安慰與鼓勵；而《荀子·天論》的號召，也激發了不甘與草木同腐者的鬥志。有時是為了一種理想、一些原則，而犧牲自己。《史記·荊軻傳》「**圖窮匕現**」的一幕，就凝住了這位烈士的勇武。更大的勇武，是克服自己，張良的忍辱負重（〈留侯論〉）、周處的改過自新（《世說新語》），都是古人所說「**勝人者有力，自勝者強**」的最好例證；而韓愈在〈伯夷頌〉中指出：「**信道篤而自知明**」的特立獨行之士，能夠橫眉冷對天下後世的千夫之指，才是真正的勇者。至於方苞的揭露黑獄，扣人心弦，出自舊社會的一介文人，也不失為一種勇氣了。

所以，古人的好文章，是很值得讀、很應該讀的。

怎樣讀？——七個要訣：

首先是「**明訓詁**」——透過工具書、參考書的幫助，初步解通了文義。

其次是「**析章句**」——掌握了全篇的結構、段節的大意，清楚其中的來龍去脈、開合呼應。

第三是「**體用心**」——體會作者的撰寫動機和全文的主旨。

第四是「**會情理**」——進一步探討作者的生活環境和思想背景，以明白作者為甚麼會有此感此情，甚至為甚麼要採取某種表達手法。

第五是「**賞藝術**」——沒有情思不成其為藝術，單有情思而沒有語文技巧，也不成其為文學。作品的謀篇組織、修辭造句、對偶聲律、用典舉例、比喻誇飾……種種藝術，都要留心欣賞。

第六是「**務朗讀**」——好的文章一定富有音樂感。流暢的節奏，鏗鏘的聲律，以至作者的情思，一定要投入而放聲朗讀，才能真正體會。自己執筆的時候，朗讀也是極好的檢驗作品的方法。

第七是「**多背誦**」——好的作品，自己喜愛的作品，如果並非太長，一定要背誦；否則也要背誦片斷，那些篇章的段節層次，精詞美句才真正成為自己取之無盡、用之不竭的營養。自己的記憶力，也因此可以鍛煉加強，以作為進一步理解、發揮、創作的基礎。

陳耀南

一九九三年十月於香港大學

自序

中學，一生身心發育急趨成熟的重要階段。

中文，華裔最親切、世上最多人使用的語文。

中學生學中文，焉能無典無範？怎可以沒正規可循、乏佳模可式？

中國古典散文，源遠流長，精深博大，美不勝收。就中編選良好範文，時空的跨度大，情、事、理的描繪既深且廣，而又言簡意賅、深入淺出，所謂「青錢萬選」，對民生日用的語文訓練、藝術修為的文學營養都有大益。善學而天資高者可以「青出於藍」，一般也可以「取法乎上」。劉勰《文心》說：「童子雕琢，必先雅製」，其理在此。從前筆者南徙澳洲之際，為編選注釋本書，目的也在此。書首的〈凡例〉與〈前言〉，已經申述明白了。

二十年轉瞬過去了。筆者對僑居地與原居地的中文教育，關切同深。欣悉肩負文化教育出版重任的三聯計劃重刊本書，特為新序如此。

陳耀南

二〇一四年五四再翌日於悉尼

「侍坐」章

《論語》

【作者】

　　《論語》是孔子（公元前 551 至公元前 479 年）和他一些重要弟子的言行錄，大抵是孔門後學根據其及門弟子各人所記選輯而成，是研究孔子以至儒家思想的最主要憑藉。流傳至今者又稱《魯論》，共二十篇，每篇若干章，各以首章發端兩三字為該篇篇目。篇、章之間，都沒有時間先後或者內容思想上的必然聯繫。二千多年來，《論語》是士人必讀之書，影響中國文化至為深遠。

　　孔子首倡平民講學之風，開諸子先河。他與歷代跟從者被稱為「儒家」—— 就是「專業知識分子的學派」。從《論語》中見到：孔子發現人類最可貴的特質，是人所同有的道德良知，即所謂「仁」，由此而建立的「義」的種種是非善惡的原則，以及個人生活儀節和社會的典章制度，即

所謂「禮」。人和萬物一樣，都無可如何地受制約於機緣際遇之類的種種外在環境因素，這就是「命」，不過，人具有自覺，懂得選擇如何自處，在「盡其在我」之中表現他的道德價值判斷，這就是所謂「知命守義」。孔子以至整個儒學最重要的道理，便在這裏。

在文學上，《論語》是語錄體散文之祖，修辭精煉，往往寥寥幾句，便神情活現，發人深省。

【題解】

本文是《論語・先進第十一》篇的最後一章，篇幅遠較全書其他章節為長，首句是「子路曾皙冉有公西華侍坐」，所以一般簡稱為〈侍坐章〉。當時孔子與上述弟子共敘，鼓勵各言其志，然後分別加以評論。由各人的對話與神態舉止，表現了孔門師生的教育方式、政治抱負和文化理想。在《論語》之中，是最富文學意趣的章節之一。

【譯注】

一

子路、曾皙、冉有、公西華 ❶ 侍坐。	子路、曾皙、冉有、公西華陪孔子坐着。
子曰：	（孔）老師説：
「以吾一日 ❷ 長乎爾，	「因為我比你們年紀都稍大了一點，

毋吾以也 ❸。	沒有人再任用我了。
居則曰：	平時，（大家）就說：
『不吾知也』；	『沒有人了解我啊！』；
如或知爾，	如果有人了解你了，
則何以哉？」	那你們又怎辦呢？」

❶ 子路，姓仲名由；曾皙，名點（曾參之父）；冉有，名求；公西華，姓公西，名赤。《論語》成於孔門後學，故稱各人之字以示尊禮，孔子稱弟子、及各人自稱，則用本名。

❷ 一日，歲數比他人大的謙辭。當時孔子約六十歲，子路約五十一歲，曾皙約三十九歲，冉有約三十一歲，公西華約十八歲。本文敘述侍坐次序，亦依年輩排列。

❸ 以，用，與下文「以」字相通。毋，即「無」。意即自己比各人均年長，老而無人用之，故希望年輩較少者，各言其用。舊解：不要這樣就不敢暢抒自己的懷抱。

二

子路率爾 ❶ 而對曰：	子路倉卒地就回答說：
「千乘之國，	「一個千輛兵車的國家，
攝乎大國之間，	夾在幾個大國之間，
加之以師旅，	被外面的軍隊壓迫着，
因之以饑饉，	國內又有饑荒，
由也為之，	如果讓我仲由來治理，
比 ❷ 及三年，	差不多到三年光景，

可使有勇，
且知方 ❸ 也。」
夫子哂之。

可以使人人有鬥志，
並且明白事理。」
老師就向他微微笑了一笑。

❶ 爾：語助詞。

❷ 比：鄰近、接近。

❸ 方：價值方向、禮法、道術。

三

「求，爾何如？」

「求，你怎麼樣？」（老師問冉有。）

對曰：
「方六七十，
如 ❶ 五六十；
求也為之，
比及三年，
可使足民。
如其禮樂，
以俟君子。」

（他）答道：
「（國土面積）縱橫六七十（里），
或是五六十（里的國家），
讓我冉求去治理，
差不多三年，
可以使人民富足。
至於教育文化的工作，
就等待（比我強的）賢人君子了。」

❶ 如：或。

四

「赤，爾何如？」

「赤，你又怎樣？」（老師問公西華。）

對曰：

（他）答道：

「非曰能之，
願學焉。
宗廟之事，
如❶會同❷，

「（我）不是説能夠做甚麼，
（只是）願意學習學習罷了。
祭祀一類事情，
或是諸侯朝見天子啦、互相聘問結盟啦等等，

端章甫❸，
願為小相❹焉。」

穿着禮服，戴着禮帽，
（我）願意做個小小司儀啊。」

❶ 如：或。

❷ 會同：朝會、同盟之類國際外交活動。

❸ 端：玄端，古禮服；章甫：古禮冠。

❹ 小相：相，贊禮；小，謙詞。

五

「點，爾何如？」

「點，你又怎樣呢？」（老師問曾皙。）

鼓瑟希❶，
鏗爾，
舍瑟而作，

（曾皙）彈瑟的聲音慢下來，
（跟着，）「鏗」的一聲，
（他）放下瑟，站起來，

對曰：

「異乎三子者之撰❷。」

子曰：

「何傷乎？

亦各言其志也。」

曰：

「暮春者，

春服既成，

冠者五、六人，

童子六、七人，

浴乎沂❸，

風乎舞雩❹，

詠而歸。」

夫子喟然歎曰：

「吾與點也！」

答道：

「不同於他們三位的講法。」

老師說：

「有甚麼要緊呢？

也是各人講講自己的志向罷了。」

（曾晳）說：

「三月的時節，（氣溫暖定了，）

春天的衣服穿定了，

五、六位成年人，

六、七位少年人，

（我們大家一同）到沂水洗洗澡，

在旁邊的求雨台上吹吹風，

回來的時候，一路上唱着歌。」

老師歎口氣說：

「我願意和曾點一道啊！」

❶ 希：同「稀」，疏、慢之意。

❷ 撰：陳述。

❸ 沂：河水名，在今山東曲阜南。

❹ 舞雩：歌舞求雨（的壇台）。

六

三子者出，

曾晳後。

（子路等）三位同學出去了，

曾晳留在後面。

曾皙曰：

「夫三子者之言何如？」

子曰：

「亦各言其志也已矣。」

曰：

「夫子何哂由也？」

曰：

「為國以禮，

其言不讓，

是故哂之。」

「唯求則非邦也與？」

「安見方六七十、

如五六十，

而非邦也者？」

「唯赤則非邦也與？」

「宗廟會同，

非諸侯而何？

赤也為之小，

孰能為之大？」

（他請問老師）說：

「那三位同學的話怎樣呢？」

老師說：

「也不過是各人講自己的志願罷了。」

（曾皙繼續追問）說：

「老師為甚麼笑笑仲由呢？」

（老師）說：

「（政治是妥協的藝術，）治國是講究禮讓的，

他的話自負了一點，

所以（我）便笑笑他了。」

（他再問：）「難道冉求所說的不是國家嗎？」

（老師說：）「（當然是。）怎見得縱橫六七十里，

或者五六十里（的地方，）

就不是國家呢？」

（他又問：）「那麼，公西赤所說的不是國家嗎？」

（老師解釋說：）「有宗廟、有國際盟會，

不是諸侯國家是甚麼？

公西赤啊，說自己做小司儀，

（那還有）誰能做大司儀呢？」

【賞析】

孔子說：「性，相近也；習，相遠也。」—— 人的天性是接近的，是後天的習染，擴大了人的差異。不過，「相近」並不就是相同，「人心不同」，稟賦氣質的殊異，再加上成長環境的分別，於是「人各有志」就是必然的事實了，所以，孔子以六藝為共同教材，以培養政治人才為共同目的，在教育原則方面，卻注重「因材施教」，不斷鼓勵弟子「各言其志」。

同是以「淑世」為志，那表現方式是很有不同的。只少孔子九歲，好勇、自信的子路，率先發表他蠻有擔當的抱負，對他知之既久且深的孔子於是「哂之」—— 不是嘲笑、不是沒有嘉許，只是還帶有一些惋惜、一些顧慮、又有許多寬容的會心微笑。年紀比子路差了一大截，以政事著名的冉有，謙退多了。一開口規模不大，只是「方六七十」，立即又改口為「五六十」，並且三年之功，只是「足民」，進一步、高一層的禮樂教化，就「以俟君子」。少年英發，長於禮儀的公西華就更謹慎婉轉了。「非曰能之，願學焉」；「願為小相」—— 當然，孔子對此高足之「非池中物」，是心內有數的。

最後曾晢的態度和境界寫得最精采。前述三人或者富國強兵、或者足食知禮，都是在朝得位的政治事功，唯有曾晢舒緩的、雍容的回答，是禮樂之治行之有年、在野在朝都可以優閒共享的太平氣象。這個精神舒暢的化境，使孔子也不禁歡喜讚歎：「吾與點也！」

當然，孔子並沒有統一口徑。對不同弟子的不同志向，孔子還是分別嘉許。孔子的話不多，或微哂、或默許、或喟歎，而始終鼓勵。通過《論語》精煉的、生動細緻的描寫，這一幅溫馨感人的「師生閒話圖」便告訴了二千多年來的讀者，甚麼是「潤物細無聲」的「春風化雨」。

長沮桀溺章

《論語》

【作者】

見第 1 至 2 頁。

【題解】

孔子奔波列國，以仁政王道說諸侯，勞而少功。在由楚返蔡途中，問路於隱士，在問答之中，見到儒、道兩家「入世」與「超世」兩種社會態度與思想。本文為《論語·微子》篇第六章。

【譯注】

一

長沮、桀溺 ❶ 耦而耕 ❷。	長沮、桀溺兩人合作耕田。
孔子過之,	孔子經過那裏,
使子路問津焉。	叫子路去詢問渡口。

❶ 長沮、桀溺:兩人既是隱士,當時又未能請問姓名,所以只是根據他們的外形和處境特徵而起稱號。「長」是高,「沮」是低濕之處,「桀」是粗壯,「溺」是足陷於水。

❷ 耦耕:古代一種耕田方式,兩人各執一個耒耜,左右並進,前面用牛牽引,以耕田開土。

二

長沮曰:	長沮(問子路)道:
「夫執輿者 ❶ 為誰?」	「那位執着車轡的是誰?」
子路曰:	子路説:
「為孔丘。」	「是孔丘。」
曰:	再問:
「是魯孔丘歟?」	「是魯國的那位孔丘嗎?」
曰:	答道:
「是也。」	「是啊。」
曰:	(長沮)説:

「是知津矣！」

「他嘛，是知道渡口在那裏的了！」

❶ 執輿者：執着車轡韁繩的人。子路往問津，所以改由孔子執轡。

三

問於桀溺，

（子路唯有又去對）桀溺請問。

桀溺曰：

桀溺說：

「子為誰？」

「你是哪一位？」

曰：

答道：

「為仲由。」

「是仲由。」

曰：

又問：

「是魯孔丘之徒歟？」

「是魯國孔丘的門徒嗎？」

對曰：

答道：

「然。」

「對的。」

曰：

（桀溺就）說：

「滔滔者天下皆是也，

「像濁水一般的不順眼東西，到處都是啊，

而誰以易之？

又靠誰去改變它們呢？

且而 ❶ 與其從辟 ❷ 人之士也，

況且嘛，你與其跟從（孔丘這種）逃避壞人的人嘛，

豈若從辟世之士哉？」

又怎如跟從（我們這種）避開壞世界的人呢？」

耰 ❸ 而不輟。

說着，仍然不停弄平那耕過的泥土。

❶ 而：同「爾」、「汝」。

❷ 辟：同「避」。

❸ 耰：擊碎泥塊，壓平地土的農具，此處作動詞用。

四

子路行以告。	子路走回來，向孔子報告。
夫子憮然曰：	孔子很惆悵地說：
「鳥獸不可與同群，	「鳥獸是不可以和我們組成社會的，
吾非斯人之徒與而誰與？	我不和人群在一起，跟誰在一起呢？
天下有道，	如果天下已經上了規道，
丘不與易也。」	我孔丘就不必和大家一起去努力改革了。」

【賞析】

　　知識分子而生逢亂世、又不屑同流合污、不甘隨俗浮沉者，就會隨氣質、學養，或者成為「仁人志士」，或者變作「高人隱士」，這一章《論語》文字，就展示了上述兩種截然不同的人生態度。

　　「隱」是避世，「高」不是道德高尚，而是自命清高地獨潔其身，因為對混濁的世界他們無力、也無心去澄清，只是入山唯恐不深、入林唯恐不密，去躲藏、去逃避、去視而不見。

另外一些人則不然，他們不是缺乏潔身自保或者逍遙觀世的聰明能力，他們只是「不忍」，只是「不容自已」，他們覺得與其只知咒詛黑暗寒冷，不如盡其在我地生一分熱、發一分光，以至喚起他人，同時去生熱發光，群策群力，這世界總會光明一點、溫暖一點 ——因為，「鳥獸不可與同群」，人，究竟只能生活於人的世界。

　　《論語·憲問》有個類似的故事。子路在魯國外城的石門宿了一宵，清晨那個開門的人，知道他是孔子的門徒，就說：「是那個明知做不到、還是要去幹的人嗎？」——原文所謂「知其不可而為之」是隱士對志士的惋惜、嘲笑，但也正是富有承擔精神的真正儒者的用心所在。他們始終相信：是不是真的「不可」，誰也不知道；不過，「為之」本身卻是合理的、應當的，所以就去做。「知命守義」，這就是孔子和他的真正跟從者的信念。所以，在〈微子〉篇的另外一章，子路碰到又一個隱者之後，說：避世之士，是「欲潔其身而亂大倫」——逃避了人倫道義與責任。「君子之仕也，行其義也；道之不行，已知之矣」。知識分子獻身社會，是行乎心之所安，至於當前的崎嶇甚至阻塞，那是早已有心理準備的了。

　　所以，在欣賞《論語》簡潔而生動的文字的同時，我們也獲得了這些寶貴信息。這就是中國文化。

曹劌論戰

《左傳》

【作者】

　　《左傳》即《春秋左氏傳》，又名《左氏春秋》，舊日以為是與孔子同時的魯君子左丘明所作，以解釋、輔助《春秋》這本經，所以被稱為「傳」。

　　《春秋》與《左傳》都以魯國為本位，逐年記載後來被稱為「春秋時代」的那二百多年的各國史事，不過《春秋》只像極簡單的新聞題目；《左傳》則詳細、生動，令讀者對當時複雜的政治、軍事、外交、社會種種情況，以至人物的性格、辭令，都有深刻的了解，所以在經學、史學、文學各方面，都有崇高的價值。

【題解】

　　公元前 684 年，即位不久的齊桓公，要振揚聲威，並且報復當初魯國幫助公子糾與自己爭位，所以攻魯。魯莊公信任曹劌，以他高明的策略，打退齊軍。本文就是這件事的紀錄，取自《左傳》與《春秋》「（莊公）十年春，王正月，公敗齊師於長勺」這句經文有關的一節。

【譯注】

一

十年春，	（魯莊公）十年的春天，
齊師伐我。	齊軍攻打我國。
公將戰。	莊公準備迎戰。
曹劌 ❶ 請見 ❷。	曹劌請求進見。
其鄉人曰：	他地方上的朋友說：
「肉食者 ❸ 謀之，	「就讓那些餐餐吃肉的人去想辦法吧，
又何間 ❹ 焉？」	又參加來幹甚麼呢？」
劌曰：	曹劌說：
「肉食者鄙 ❺，	「那些餐餐吃肉的人都是淺陋的傢伙，
未能遠謀。」	不能夠考慮長遠。」
乃入見。	於是進去謁見。

❶ 曹劌：劌，音「貴」，《史記・刺客列傳》作「曹沫」。

❷ 見：卑輩露面於尊輩之前，音「現」。

③ 肉食者：當時大夫以上的貴族，才能經常吃肉。

④ 間：音「澗」。

⑤ 鄙：邊疆；引申為見識淺陋。

二

問何以戰。	（他直接就）問（莊公）靠甚麼打仗。
公曰：	莊公説：
「衣食所安，	「穿的吃的，種種生活享受，
弗敢專也，	（我）不敢獨佔，
必以分人。」	一定拿來分給人家。」
對曰：	（曹劌）回答説：
「小惠未遍，	「小小的好處，又不是個個得到，
民弗從也。」	老百姓是不會（這樣就）跟從你
	（打仗）的。」
公曰：	莊公説：
「犧牲玉帛，	「牲畜、寶玉、絲帛等等（祭神的
	物品），
弗敢加也，	（拜告的時候）不敢浮誇、報大，
必以信。」	必定誠誠實實。」
對曰：	（曹劌）回答説：
「小信未孚，	「小小的誠實，也並不就普遍可信，
神弗福也。」	神靈是不會（就此便）賜福的。」
公曰：	莊公（再）説：
「小大之獄，	「大大小小的訴訟案件，

雖不能察，	雖然不能（每一宗）都絕對徹底清楚，
必以情。」	總得合情合理（才判決）。」
對曰：	（曹劌）答道：
「忠之屬也，	「這就真是盡心盡力為老百姓着想了。
可以一戰。	正好靠着這點去打一仗。
戰則請從。」	到打仗的時候，請讓我跟從。」

三

公與之乘。	莊公就（在自己的指揮戰車）給曹劌一個座位。
戰於長勺 ❶。	在長勺地方，（齊魯）展開了戰爭。
公將鼓之。	莊公要擊鼓進兵，
劌曰：	曹劌說：
「未可。」	「還未可以。」
齊人三鼓。	（直等到對方）齊軍第三次擊鼓進攻了，
劌曰：	曹劌就說：
「可矣！」	「可以了！」
齊師敗績。	（魯軍迎戰，結果）齊軍大敗。
公將馳之，	莊公要（乘勝）追擊他們，
劌曰：	曹劌說：
「未可。」	「還未可以。」
下視其轍，	（他）下車細看那些齊軍戰車輾過地下的痕跡，

登軾而望之，	（又）登上車前的橫板，遠望（齊軍敗退的）情況，
曰：	（才）説：
「可矣。」	「可以了。」
遂逐齊師。	（魯軍）這就驅逐了齊軍。

❶ 長勺：在今山東曲阜北。

四

既克，	戰勝以後，
公問其故。	莊公問及當時種種指揮決定的緣故。
對曰：	曹劌回答説：
「夫戰，	「（講到）打仗這回事（嘛），
勇氣❶也。	靠的是使人勇敢的那股精神力量。
一鼓作氣，	這股勇氣，在第一次擊鼓進軍時振作起來，
再而衰；	到第二次隨着鼓聲衝鋒，勇氣就減退；
三而竭。	到第三通鼓，勇氣就竭盡了。
彼竭我盈，	（當時）他們的氣已經竭盡，而我們卻剛好振作飽滿，
故克之。	所以打敗他們。
夫大國，	（不過，齊國究竟是）強大的國家，
難測也；	（是不是真的敗退，）很難猜測得準，

懼有伏焉。	恐怕（他們是詐敗，是）有伏兵哪。
吾視其轍，	我察看他們的車轍，
亂；	是凌亂的，
望其旗，	遠望他們（引導軍隊）的旗幟，
靡；	是倒下的，（都不像是有計劃、有步驟的撤退，）
故逐之。」	所以便（決定）追趕了。

❶ 勇氣：致勇之氣。後來在語體中變成複合詞。

【賞析】

　　本篇總共不過二百二十多字，而整件事情的脈絡、重點，都歷歷如繪。敘述流暢簡潔，描寫精煉生動，真是文章的能品。

　　首先，從曹劌毅然求見魯君，彰顯了他的愛國器識。正因為在位者無能，更需要有能者主動的努力。唯有這樣，才可以救國。認識的明確，造成了行動的果斷。（第一段）

　　果斷，但絕不魯莽。首先冷靜地檢討：在當前的君主領導之下，國家是否有抗戰的能力？

　　臣下的俸祿，也算豐厚；神靈的祭祀，也算虔敬；但是，這些都不足以保證人民普遍的愛戴與信心。幸好，平時清明公正的法治，表現了政府的忠心，也博得了人民的忠心。忠心的人民，組成了願戰而且能戰的軍隊──可以上前線了。（第二段）

　　敵軍衝過來了！與元首並肩指揮作戰的曹劌，富有謀略地節制躍躍欲動的軍隊。忍着、忍着、一到了適當的時機，就讓義憤填膺、鬥志昂揚的

抗戰者，碰上疲於奔命，再衰三竭的入侵者，於是大勝。

　　追擊吧。且慢。曹劌在這個關鍵時刻，再一次表現他的冷靜與才識。敵人的輪轍亂了，旗幟倒下了 —— 不是誘敵的佯敗，是真正的潰退。於是放心追殺，把敵人趕出國境。（第三段）

　　兵凶戰危，爭分奪秒。在兩軍對決之際，只有森嚴的號令，只有統一的指揮；不能有爭辯，不必有解釋。

　　一切解釋，留待戰後 —— 愉快的戰勝以後，解釋給那位虛心信任曹劌的魯莊公，也解釋給萬萬千千興味盎然的讀者。（第四段）

燭之武退秦師

《左傳》

【作者】

見第 14 頁。

【題解】

春秋時代，諸侯爭霸，齊（東）楚（南）秦（西）晉（北）諸國，競為盟主。處在霸者之間的小國 —— 例如鄭 —— 就唯有靠着警覺與外交智慧，在列強的矛盾之中求生存了。

魯僖公三十年（公元前 630 年），以「尊王攘夷」號令諸侯的晉聲討鄭國，但在晉楚城濮大戰前夕，竟然與楚通好；而且在晉文公還是以公子

重耳的身分流亡列國時，又曾經勢利地加以冷待，於是邀約同盟的秦國，共同出兵。

弱小的鄭，被兩個超級大國圍攻，眼看就要滅亡了。近鄰的晉，是仇怨深重；秦在遠方，而且是次要敵人，只有從這裏想辦法 —— 問題是誰去游說秦國的霸主。

長期被當局忽視的燭之武，接受了鄭文公的道歉和邀請，面見秦君，以一番精警中肯的話，化解了亡國的危機。本文就是這個事件的紀錄。

【譯注】

一

晉侯、秦伯 ❶ 圍鄭，
以其無禮於晉，
且貳 ❷ 於楚也。
晉軍函陵，
秦軍氾南。

晉文公、秦穆公聯兵圍攻鄭國，
因為鄭曾經對晉（文公）無禮，
而且懷有貳心而對楚友好。
晉軍集結在（北邊的）函陵，
秦兵駐紮在（西郊的）氾水南面。

❶ 晉侯、秦伯：當時晉是侯爵，秦、鄭都是伯爵，君主的諡號都稱為「公」。

❷ 貳：同時依附兩個對立的勢力。

二

佚之狐言於鄭伯曰：

（鄭國大夫）佚之狐對文公説：

「國危矣！
若使燭之武見秦君，
師必退。」
公從之。
——辭曰：
「臣之壯也，
猶不如人；
今老矣！
無能為也矣！」
公曰：
「吾不能早用子，
今急而求子，
是寡人❶之過也。
然鄭亡，
子亦有不利焉。」
許之。

「國家很危急了！
如果派燭之武去見秦國國君，
軍隊一定會退走。」
鄭文公就依了他的建議。
（可是燭之武）推辭說：
「下臣在年青力壯的時候，
尚且比不上人家；
現在老了，
不能夠做甚麼了！」
鄭文公說：
「我不能趁早重用先生，
現在事情急了，才求先生幫忙，
這是我（這個作為元首）的過失。
不過，假如鄭國亡了，
先生也有壞處啊！」
（燭之武）就答應了他。

❶ 寡人：和「孤家」一樣，都是中國古代人君自稱，含有自我警惕之意。

三

夜縋而出，
見秦伯，曰：
「秦晉圍鄭，
鄭既知亡矣。

（燭之武）晚上（從圍城）吊下出去，
見到秦穆公，說：
「秦晉兩軍包圍鄭國，
鄭國當然知道要滅亡了。

若亡鄭而有益於君，	如果亡了鄭國而對您有好處，
敢以煩執事。	那就麻煩您的辦事人員動手吧。
越國 ❶ 以鄙 ❷ 遠，	（不過，）要跳過另外一個國家來佔領疆土，
君知其難也；	您知道那是多麼困難了；
焉用亡鄭以陪鄰？	那麼，何必要亡了鄭國而令您的鄰國得益呢？
鄰之厚，	鄰國的力量增長，
君之薄也！	就是您的削弱啊！
若舍鄭以為東道主，	（反過來說，）如果放過鄭國，讓它作為您東方路上負責接待的主人，
行李 ❸ 之往來，	（貴國的）使者往來經過，
共其乏困，	（鄭國負責）供應他們一切所需，
君亦無所害。	（這樣）對您也沒有甚麼不好呀。
且君嘗為晉君 ❹ 賜矣；	而且，您也曾給予晉君許多好處了，
許君焦、瑕，	（只是，他們）許諾了送您焦、瑕兩地方，
朝濟而夕設版 ❺ 焉！	（怎知）早上一過河，黃昏就築起防禦了！
君之所知也。	（這些事，）您是知道的呀。
夫晉，何厭之有？	那個晉國嘛，又怎會滿足呢？
既東封 ❻ 鄭，	（他們）如果吞併了鄭國，
又欲肆其西封，	自然又想拓展西方的領土，
若不闕秦，	如果不侵略貴國，
將焉取之？	（他們）又往哪裏奪取土地？

闕秦以利晉，	（這種）損了秦國、益了晉國的事，
唯君圖之！」	您要考慮考慮了！」
秦伯說 ❼ ，	秦穆公（聽了，）心裏很舒服，
與鄭人盟，	就與鄭國訂立（協防的）盟約，
使杞子、逢孫、楊孫戍之，	派杞子、逢孫、楊孫率兵留守，
乃還。	自己就撤軍回國了。

❶ 越國：跨越過秦、鄭之間的另一國（晉）。

❷ 鄙：邊疆，此處作動詞用。

❸ 行李：即「行吏」，政府外派人員。後來轉指旅客攜帶的衣物。

❹ 晉君：晉文公之前，其兄弟惠公先得秦穆公之助以回國復位。

❺ 版：夾板，用以築城牆。

❻ 封：疆土。

❼ 說：同「悅」。

四

子犯 ❶ 請擊之，	（晉國大臣）狐偃提議攻擊秦國，
公曰：	晉文公說：
「不可。	「不可以這樣做。
微夫人 ❷ 之力不及此。	當初沒有那個人的力量幫助，我們也沒有今天。
因人之力而敝之，	依仗過人家的力量，反過來攻擊人家，
不仁；	這是不厚道；

失其所與，	失掉了盟國，
不知；	這是不聰明；
以亂易整，	以矛盾衝突代替了步伐一致，
不武。	這是不合軍事原則。
吾其還也。」	我們也回去好了。」
亦去之。	於是晉國也就撤兵了。

❶　子犯：晉文公親信大臣狐偃的別字。

❷　微夫人：夫，指謂詞，音「扶」，意即「那個」。文中的「那個人」，就是秦穆公。

【賞析】

　　本文首段寥寥二十五個字，就清楚交代了秦晉圍鄭的原因和圍城的形勢。伐鄭的兩個原因，都只關乎晉的利益；而秦晉分屯兩處，更替燭之武的游說分化，提供了有利條件 —— 當然，《左傳》作者也在此替讀者提供了明白整件事情的有利條件。

　　救亡圖存也有條件 —— 就是先要自己內部團結。鄭文公引咎道歉，燭之武顧全大局，於是「許之」，於是「夜縋而出」。

　　「夜縋而出」四字，有人作為第二段的結束，有人作為第三段的開始。不管如何，四個字就讓讀者想像了「月黑風高、刁斗森嚴、臨危受命、緊張驚險」的情態。意在言外的不必寫出，要寫出的是燭之武那篇被後世推為「戰國策士說辭之祖」的講話。祖國存亡，就在面前的霸主一念，也在自己的話是否能打動霸主的心。霸主的心只有利害，沒有甚麼同情憐憫。咒詛是無用的，乞憐是無益的，「森林定律」就是「弱肉強食」，沒有甚麼好說。要說的是：對方這位強者很可能食不到肉，肉會完全落在

另一個強者口中，於是另一個強者會更兇橫，會反過來吃掉面前這位強者。燭之武擊中秦穆公心坎的，就是這一點。他的話只有寥寥百多字，清楚地分為四個層次：

第一：亡鄭無益於秦，只利於晉；

第二：存鄭，於秦有益；

第三：晉人有負義的事實；

第四：晉國有西向擴張的威脅。

一番話中，九次禮貌而懇切地提到「君」字，似乎並非理所當然地為鄭國的生存講話，而是無可否認地處處為秦國的利益着想。秦穆公於是欣然同意 —— 可見所謂「弱國無外交」，也並不盡然：要看是甚麼的弱國、怎樣的人才而已。

身為霸主，秦伯自然也並不簡單。兵是退了，但也佈下了監護的棋子。護的是鄭，更是秦的利益。對鄭，是放過了，而又並不放過。《左傳》用十五個字，就又交代了。這是第三段。

另一位霸主 —— 五霸中功業最盛的晉文公 —— 更不簡單。長期的流亡歷練，使他沉着、睿智。如何掌握新形勢、如何報復，慢一步再說。此刻，用的是三個漂亮得體的「不」，替自己的同樣撤兵，找到了最好的下台之階。這是第四段。

全文不足三百字，組織周密，層次清晰，精簡處惜墨如金，細緻處繪聲繪影。這是古今共推的《左傳》文字的優點，也就是本篇的勝處。

召公諫厲王監謗

《國語》

【作者】

　　《國語》是國別體史書之祖，共廿一卷，分周、魯、齊、晉、鄭、楚、吳、越八國，記載從西周穆王以後五百餘年間的歷史，以記言為主，與《左傳》之多為記事者不同，但兩者內容又往往重複。因此，《國語》與《左傳》關係如何？是否都是左丘明所作？抑或是戰國時人彙編各國史料而成？都是值得研究的問題。

【題解】

　　西周厲王暴虐無道，不聽忠言，又使巫者作為特務，監視謗者，並且

以殺戮來鉗制輿論，卿士召（一作「邵」）穆公懇切勸諫，不聽，結果激起民變，最後被逐。本文就是上述事情的始末，而比較詳細地記錄了召公的諫辭。

【 譯注 】

一

厲王虐。	厲王殘暴。
國人謗王。	老百姓對他的批評都很壞。
召公告王曰：	召公告訴厲王說：
「民不堪命矣！」	「老百姓受不了這樣的安排啦！」
王怒，	厲王發怒，
得衛巫，	就找到一個衛國的巫者，
使監謗者，	使他監視批評自己的人。
以告，	一經告發，
則殺之。	就殺了這些敢批評的人。
國人莫敢言，	於是，人們都不敢講話了，
道路以目。	路上相遇，也只能交換一下眼色。

二

王喜，	厲王很高興，
告召公曰：	對召公說：

「吾能弭謗矣！
乃不敢言。」

「看：我能夠制止譭謗了！
他們再也不敢講甚麼話了！」

三

召公曰：
「是障之也。
防民之口，
甚於防川。
川壅而潰，
傷人必多，
民亦如之。
是故為川者決之使導，

為民者宣之使言。

故天子聽政 ❶，
使公卿至於列士 ❷ 獻詩，

瞽 ❸ 獻曲，
史獻書，
師箴 ❹，
瞍賦，

矇誦。

召公說：
「這是把它暫時堵住而已。
要真正堵住老百姓的嘴，
比堵住河川還困難啊。
河川堵塞了，結果就崩決、氾濫，
那時傷害的人就多了。
老百姓也是這樣。
所以，治理河川的一定讓水有出
口，給它疏導，
治理百姓的，一定給他們疏通發表
的機會，讓他們講話。

所以天子聽政，
讓高級貴族大臣以至各級官吏進獻
諷諭的詩，
樂官進獻（民間）歌曲，
史官進獻（有關的）紀錄文冊，
樂師負責提出格言，
沒有眼珠的盲人負責吟誦（上述的
作品），
有目而視力不好的就負責朗讀。

百工諫，	各級技術人員進諫，
庶人傳語，	平民委託代議人員傳達要講的話，
近臣盡規，	（天子的）近身侍臣要盡心規勸，
親戚補察，	內外親屬要提出視察和補救的意見，
瞽史教誨，	（資深的）樂官、史官又以前代的歷史作為教材，
耆艾修之，	五六十歲以上的前輩整理他們的人生經驗，
而後王斟酌焉。	最後由君王參考決定，
是以事行而不悖。	所以事情能夠實行，沒有差錯。
民之有口，	老百姓有口，
猶土之有山川也，	就像大地之有山嶽河川一樣，
財用於是乎出；	資源就從這裏出產；
猶其原隰之有沃衍也，	又像高原、低地都有肥沃平廣的區域，
衣食於是乎生。	穿的吃的都靠這些地方。
口之宣言也，	話從口裏說出來，
善敗於是乎興。	好的壞的事情都會表現；
行善而備敗，	好的，就做；壞的，就防止；
其所以阜 ❺ 財用衣食者也。	這就是增加資源衣食的好辦法啊。
夫民慮之於心而宣之於口，	老百姓心有所想，口裏就講出來，
成而行之，	值得參考的，就付諸實行，
胡可壅也？	又怎可以堵塞呢？
若壅其口，	如果一定要堵塞，
其與能幾何？」	又能夠堵多久呢？」

● 聽政：主理政治。原文「聽」字極重要，表示最高領袖不僅要發號施令，更重
要的是用耳朵虛心聽取。「聽政」已經是古今通用的詞語，這裏不再解譯。

● 列士：上古文官上、中、下三級「士」，在「大夫」之下。

● 瞽：失明人。上古音樂之官多以瞽者為之，所以此處解作樂官。

● 師箴：「少師」也是樂官，「箴」是警戒性的短文。

● 阜：堆土而成小丘，「累積」之意。

四

王弗聽。　　　　　　　　厲王不聽，

於是國人莫敢出言。　　　於是老百姓都不敢講話。

三年，　　　　　　　　　這樣經過了三年，

乃流王於彘 ●。　　　　　終於（就爆發出來，）把厲王趕走
　　　　　　　　　　　　到彘地去了。

● 流：放逐；彘：音「智」，在今山西霍縣。

【賞析】

這是一段簡明的文字。這是一面明亮的歷史鏡子。暴虐專制的君王，
禁止人民動口，禁止不了人民動心，更擋不住他們最後動手。

他們不想動腳了：逃無可逃，忍無可忍，於是動手。

也不是沒有人預先動口：動口誠懇地勸諫，以河川做貼切的比喻，層
層推進，解釋政府諫議制度設立的周密與苦心。禁謗是不可能的、而且是
招致大禍的；人民之言，是人君之利，所以非聽不可……怎知他 ── 那

個獨夫 —— 就是「弗聽」。

能夠吸收歷史教訓的鄭國的子產廣開言路，不毀鄉校 —— 就是古代的市民論壇、海德公園 —— 結果成為留流芳百世的政治家。相反的例子，就是本文這個蒙上惡諡（「厲」）的暴君，剛愎愚昧，誤人誤己。

所以，要有一套辦法，要適當的人才可以坐上國家機器的司機位置。而且，他要有任期。而且，人民能夠把他拉下來 —— 如果他「弗聽」。

「防民之口，甚於防川」，讓我們都聽聽古人的智慧。

「舜發於畎畝」章

孟子

【作者】

　　作為《四書》與《十三經》之一、對中國文化有重大影響的《孟子》一書，是孟軻的自著，而助成於公孫丑、萬章等弟子。

　　孟軻（公元前 372 至公元前 289 年），字子輿，鄒（在今山東）人。少孤貧，栽培於賢母。及長，博通六藝、弘揚儒學，以仁政王道之說，游說諸侯。不見用。晚年退居著書，教育弟子。他在儒學上的貢獻，主要有三點：

　　第一：孔子以「仁」為萬德之本；孟子則以「惻隱、羞惡、是非、辭讓」四種良知良能，證立「性善」之說，大張孔門「心性」之學。

　　其次：孔子主張正名定分，以維持合理社會；孟子則以「民貴君輕」之說，以至政權轉移的理論，作非常重要的補充。

第三：孟子能文善辯，信仰堅定，認識深切，力抗當世道、墨，以至蘇、張縱橫之術，以捍衛儒學。

因此，繼承曾參、子思系統，以「學孔子」自任的孟子，被尊為「亞聖」，是實至名歸的。

《孟子》書共七篇，再分上、下，各以首章首句之中某兩三個字為篇名。體裁仍是語錄，但有遠較《論語》為多的長篇文字；其中答問、對辯、寓言、設譬，種種俱備。議論弘肆，推理明晰，詞鋒健銳，比喻生動，對後世散文，有極大影響。

【 題解 】

本文是《孟子・告子下》篇第十五章。從環境與個人成長與國家興亡的關係上，總結歷史經驗，提出「生於憂患、死於安樂」的論斷，是極有名的一篇勵志文章。

【 譯注 】

孟子曰：	孟子說：
舜發於畎畝之中 ❶，	帝舜興發於田野生活之中，
傅說舉於版築之間 ❷，	傅說在建築工地被提舉出來，
膠鬲舉於魚鹽之中 ❸，	膠鬲從魚鹽市場中露出頭角，
管夷吾舉於士 ❹，	管仲從獄官手中被釋放起用，
孫叔敖舉於海 ❺，	孫叔敖被選拔於僻遠的海邊，

百里奚舉於市 ❻。	百里奚曾經被當作貨物般在奴隸市場售賣。
故天將降大任於是人也，	所以，上天要將重大的責任，降落到某一個人身上，
必先苦其心志，	必定先要苦惱他的心意，
勞其筋骨，	勞動他的筋骨，
餓其體膚，	飢餓他的肉體，
空乏其身，	窮困他的身子，
行 ❼ 拂亂其所為，	（而且）安排種種事物環境的變化，總與他的作為目的相亂相反，
所以動心忍性，	這樣，便激動他的心思，強化他的性情。
增益其所不能。	增加了他當初沒有的能力。
人恆過，	一個人常常要犯過錯誤，
而後能改；	然後，能夠改正；
困於心，	心意被困擾，
衡於慮，	思慮被阻礙，
而後作；	然後能奮發創造；
徵於色，	（種種歷練，）見證於他的容顏，
發於聲，	表現於他的談吐，
而後喻。	然後能被人接受了解。
入則無法家拂士 ❽，	（就如一個國家，如果）國內沒有堅持法制、拂逆上意的耿直之士，
出則無敵國外患者，	國外又沒有敵對、侵略勢力威脅的話，

國恆亡。　　　　　　　　　　那國家常常（反而容易）滅亡。

然後知生於憂患而死於安樂也。　由此可知：憂患是生存的溫床，而

　　　　　　　　　　　　　　　安樂是死亡的陷阱啊！

❶ 畎：田間小溝。傳說帝舜微時，耕於歷山。

❷ 版築：以前後板夾土而築牆。傳說原為築牆工人，商王武丁發現其才而舉之
　為相。

❸ 膠鬲（音「隔」）以魚鹽為生，受重用於殷、周之間。

❹ 管仲初助齊公子糾與公子小白爭位，小白勝而為桓公，管仲下獄，其後桓公因
　鮑叔之薦而用之為相，遂成霸業。

❺ 孫叔敖隱於淮東海邊，楚莊王聞其才，用為令尹。

❻ 百里奚，原為虞國大夫，俘於晉、逃於秦、囚於楚，被秦穆公以五塊羊皮贖
　回，用為大夫。

❼ 行：天道的運行，即自然規律、命運際遇之類。

❽ 法家拂士：舊解法度大臣與輔弼之士。「拂」、「弼」古音通，今依上文下理，
　試稍作別解，似更合原意。

【賞析】

　　本文首先以排比句法，舉出六個當世人所共仰的歷史人物，以他們艱
苦困厄的生活歷練，運用歸納推理，開展出精警而感人的一段議論。二千
多年來，無數折磨於貧窮、疾病、困苦、橫逆之中的人，因受了孟子這段
文章，或者類似的言論的安慰、激勵，而堅毅奮鬥，達致或大或小的成
功，體現了人類生命的莊嚴意義 —— 特別是青、少年，有的是時間，有
的是生命力，只要肯奮鬥，只要不輕言放棄，一定會發覺，「危機」之中，

同時涵蘊了「危難」與「機會」;「阻力」與「助力」,也視乎我們的意志是否堅強,智慧是否足夠,去把它有利地移轉。

咬着牙,跳過了一道壕溝,我們又進佔了一塊新地。咬着牙,攀過了一處陡坡,我們又登上了更高的山峰。「不是一番寒徹骨,怎得梅花撲鼻香」?苦難可以鍛煉得人更堅強,可以增加人的才華智慧,自孔、孟以下,無數賢人哲士,都是循此而努力成功的例子。擴而大之,國家也是如此。「殷憂啟聖,多難興邦」,全看大多數人民,是否耽於「酖毒」的逸樂,而不肯奮鬥!

「湯放桀」章

孟子

【作者】

見第 34 至 35 頁。

【題解】

　　這是《孟子・梁惠王下》篇的第八章。孟子以仁政王道游說諸侯，其中一個主要對象就是齊宣王。宣王常常提出一些內政、外交、軍事、民生的問題，孟子詳盡地解答申說。有一次，宣王提出的問題，是有關兩位儒家標舉為聖王人物的最重要歷史事件的真偽與評價，由此而引發孟子對政治人物評論的標準，以至不守法、不道德的最高權力擁有者的處置問題。

【譯注】

齊宣王問曰：
「湯放桀，
武王伐紂，
有諸 ❶？」
孟子對曰：
「於傳 ❷ 有之。」
曰：
「臣弒 ❸ 其君，
可乎？」
曰：
「賊 ❹ 仁者謂之『賊』，
賊義者謂之『殘』，
殘賊之人，
謂之『一夫』。
聞誅一夫紂矣，

未聞弒君也。」

齊宣王問道：
「商湯把夏桀驅逐流放，
周武王討伐商紂，
有這件事嗎？」
孟子答道：
「在古書上是有這個記載。」
（宣王立即懷疑地追問）說：
「作臣子的弒殺他的君主，
這是可以的嗎？」
（孟子平靜地回答，）說：
「破壞仁愛的人，稱之為『賊』，
傷害公義的人，稱之為『殘』，
稱之為『殘』、『賊』的人，
我們叫他做『獨夫』。
（所以，）我們只聽說過（武王）
替老百姓除去那獨夫紂王了，
沒有聽說過是『以臣弒君』啊。」

❶ 諸：「之歟」的合音，即「這樣的事嗎？」。

❷ 傳：古書的泛稱。

❸ 弒：舊日對以卑殺尊的講法。

❹ 賊：傷害。

【賞析】

　　齊宣王提出的問題，並非不中要害；孟子的回答卻特別精彩。

　　首先提出的是一個歷史事件的有無問題。

　　倉卒之間，孟子還未清楚對方的真正用意所在，而且他的興趣與任務，也不是歷史考據，所以便謹慎地回答：「古書上是有這個記載。」──一個緩兵之舉，且待再看來勢。

　　來勢果然不簡單：「臣弒其君」── 可以嗎？

　　「可以。」──這當然不能說。這樣說，還是講仁義、論綱常的儒家嗎？

　　「不可以。」── 這也不能說。湯、武都是儒家崇敬的聖人，聖人又怎可以做大逆不道的事？

　　一個很犀利的「兩難論式」。

　　孟子更不簡單。以善辯聞名的他，不慌不忙，見招拆招：否定了「桀、紂是君」這個前提，君臣關係，以臣弒君等等，便往往不能成立。君臣並非像後世所謂猶如父子，並不是與生俱來，無可移易。桀紂的所為，既不配稱之為「君」而只是「殘」「賊」的「獨夫」，變成「公害」，人人得而誅之。所以，湯武只是「弔民伐罪」，執行老百姓的公意而已。

　　於是，孟子漂亮地解答了齊宣王的問題，招致後世的暴君如明太祖之流的嫉忌，獲得反對君主極權者的讚美，更被講語言邏輯的人引為例證，甚至推許。

庖丁解牛

莊
周

【作者】

　　莊周（公元前 369〔？〕至公元前 286 年），一般稱為「莊子」，戰國中期宋國蒙（今河南商丘）人，曾為漆園吏，是道家學說的代表人物。他相信產生宇宙萬物的力量以及一切事物的變化規律，便是無所不在的「道」，與「道」比較，萬物的任何一種 —— 包括自以為無比聰明的人類在內 —— 都是太渺小、太短暫了，因此不配、也不應該有任何作為。另一方面，萬物又各得「道」的一個小小部分又而成為各物本身的特殊性能，稱之為「德」，物各有「德」，都是「道」的一種表現，因此也不必互相衡量，更不可妄圖改造。以人類來說：形軀是脆弱的，知識是有局限的，法律道德是片面的，而以上一切都是「有待」的、依存於某些條件的，都不可以寄託或者表現生命的意義和真正的自我。認識了這個道理，

我們就能夠放下一切自以為是的價值標準與機巧作為，對自然的一切，不是妄圖改變，而是接受一切、順應一切，這就是所謂「無為」，無為，就能無所期待，就能逍遙觀賞萬象變化，而得到最大的心靈的自由與情意的滿足。

莊子的思想，代表了亂世隱逸者的心聲，對灰心世事、疲於甚至憚於擔當者具有無窮吸引，是熱中者的清涼散、是人生鬥士的鎮痛藥甚至麻醉劑，也是聰明而疲軟者的最佳藉口。而巧妙地表達這種思想的，不是《論語》、《孟子》般的「語錄體」，也不是《荀子》、《韓非子》般的「論說體」，而是別具一格，最富文學意趣的「寓言・重言・卮言體」，以豐富奇詭的想像，汪洋恣肆的文筆，構擬出大大小小、真真幻幻的「史實」或者「事實」，而傳達了無數古今才士的心醉神怡的道家智慧。

現存《莊子》三十三篇，分三大部分，其中〈內篇〉一般以為是莊周自撰，〈外篇〉、〈雜篇〉則是後學所為。

【題解】

本文節錄自〈內篇〉的〈養生主〉（就是以順自然、樂逍遙來保養生命的主體 —— 精神），指出養生之道，就如庖丁順著牛體的自然文理而解剖，純任神理，行無所事，那把刀所以能夠經歷十九年，解剖了數千牛、而完好如新者以此，而道家之徒的生命，能不被生活折舊、磨損者亦以此。

本文前面有一小節，就是〈養生主〉篇的開首十多句，也即是莊子要借「庖丁解牛」這個寓言來表達的中心思想：

「吾生也有涯，而知也無涯。以有涯隨無涯，殆已！已而為知者，殆

而已矣！為善無近名，為惡無近刑，緣督以為經。可以保身，可以全生，可以養親，可以盡年。」

意思是說：人的生命有限，而知識無窮，所以追求知識是危險的，而以求知之舉為得計，那就更危險了。莊子的忠告是：好事不妨做，但不要獲得名譽；壞事也不妨做，但不要招致懲罰，總之游走在是非善惡等等相對的標準中間，在對立矛盾之中找到空隙，保存自己。——道家思想與科學精神相背，而又助長了滑頭的「鄉愿」氣習，也就於此可見。

【譯注】

一

庖丁 ❶ 為文惠君 ❷ 解牛。	廚工替文惠君宰牛。
手之所觸，	（他）手所碰到的、
肩之所倚，	肩所靠着的、
足之所履，	腳所踏着的、
膝之所踦，	膝所頂着的（種種動作），
砉 ❸ 然嚮 ❹ 然，	嘩啦的聲聲大響，
奏刀騞 ❺ 然，	刀子割進去的聲音更響，
莫不中音，	一切都符合音樂節奏，
合於《桑林》❻ 之舞，	（竟然）和《桑林》的舞蹈樂章相協，
乃中《經首》❼ 之會。	（以至）符合帝堯的《經首》音樂的韻律。

❶ 庖丁：一說廚工，一說名「丁」之庖人。

❷ 文惠君：舊注謂即梁惠王，未知何據。

❸ 砉：音「划」，骨肉相離聲。

❹ 嚮：同「響」，一說下無「然」字。

❺ 騞：音「獲」，亦骨肉相離聲，尤大於「砉」。

❻ 桑林：商湯的舞樂。

❼ 經首：堯樂《咸池》的一章。

二

文惠君曰：	文惠君說：
「嘻！善哉！	「唉呀，好極了！
技蓋至此乎？」	技術竟然到了這個地步嗎？」

三

庖丁釋刀，對曰：	廚工放下刀，答道：
「臣之所好者，道也，	「小臣所愛好的是哲理，
進乎技矣。	超過技術（這個層次）了。
始臣之解牛之時，	起初小臣宰牛的時候，
所見無非全牛者；	所見到的都是整個整個的牛的身體；
三年之後，	三年之後，
未嘗見全牛也。	就再也看不到整個牛體了。
方今之時，	到了現在（宰牛）的時候，
臣以神遇而不以目視，	小臣用心神去接觸而不用眼睛去看，

官知止而神欲行，	感覺器官停止活動，而只是心神去運行，
依乎天理，	順着（牛身上）自然的肌理結構，
批大郤 ❶，	（把刀）分解開其間的大空隙，
導大窾 ❷。	引導進其間的大孔洞，
因其固然，	按照着它本來的構造情況去用刀，
枝經 ❸ 肯綮 ❹ 之未嘗 ❺，	經絡筋腱等地方，通通未曾（輕微硬碰過），
而況大軱 ❻ 乎！	又何況那些大骨頭呢！
良庖歲更刀，	技術好的廚工，每年換一把刀，
割也；	（因為他們用刀去）硬割啊；
族 ❼ 庖月更刀，	普通的廚工，每月換一把刀，
折也。	（因為他們用刀去）硬砍啊。
今臣之刀十九年矣，	現在小臣的刀用了十九年了，
所解數千牛矣，	所宰的牛幾千頭了，
而刀刃若新發於硎。	而刀口（還是）好像剛剛在磨刀石上磨出來一般（鋒利）。
彼節者有間，	（道理是：）它（骨肉）關節上是有空隙的，
而刀刃者無厚；	刀口是薄得幾乎沒有甚麼厚度的，
以無厚入有間，	以沒有甚麼厚度的刀刃，切入有空隙的骨肉關節，
恢恢乎其於游刃必有餘地矣！	（當然是）寬寬闊闊地有足夠的空間讓刀刃活動了。

是以十九年而刀刃若新發於硎。 | 所以用了十九年而刀口還像剛磨出來一般。

雖然， | 雖然這樣，

每至於族 ❽， | 每碰到筋骨交錯集結的地方，

吾見其難為， | 我看到那裏難以下手，

怵然為戒， | 就提高警覺，小心翼翼，

視為止， | 目光集中，

行為遲， | 動作放慢，

動刀甚微， | 輕輕地動一下刀，

謋 ❾ 然已解， | 嘩啦一聲骨肉就分開了，

如土委地。 | 像一堆泥土散落地上一般。

提刀而立， | （我這時就）提起刀，站立起來，

為之四顧， | 為這次動刀成功而四邊望望，

為之躊躇滿志， | 而滿心歡喜，洋洋自得，

善 ❿ 刀而藏之。」 | （然後）拭乾了刀，收藏起它。」

❶ 邻：同「陳」字。

❷ 窾：音「款」，空穴。

❸ 枝經：筋脈經絡相連之處。「枝」原誤作「技」，據俞樾說改。

❹ 肯綮：骨肉相連和筋肉聚結之處。

❺ 依今人嚴靈峰說，據郭象注、成玄英疏，下應補「微礙」二字。

❻ 軱：音「孤」，股部大骨。

❼ 族：眾 —— 一般的（廚工）。

❽ 族：眾 —— 集結的（筋腱）。

❾ 謋：舊注說同「磔」（音「摘」）（楊樹達謂是「抹」字假借），動物肢解的狀態。

❿ 善：即「拭」。

四

文惠君曰：　　　　　　　　文惠君説：
「善哉！　　　　　　　　　「好啊！
吾聞庖丁之言，　　　　　　我聽了廚工這番話，
得養生焉。」　　　　　　　得着保養生命的道理了。」

【賞析】

「發現規律、利用空隙、保存自己」，這是本文要傳達的信息，而出之以一個生動的故事。

一開始就生動。幾個動作，幾種聲音，庖丁解牛時的熟練靈巧，乾淨利落，姿態優美，韻律和諧，像交響樂，像宮廷舞，於是引起了君王的讚歎，然後是庖丁述說自己體驗的心得 —— 順應自然的理路，不要硬碰堅硬困難的地方，集中精神，游刃在間隙之中，於是解決了問題，而毫不損耗自己，於是得到情意上最大的滿足。神態的刻劃，動作的描繪，躍然紙上。

天
論
（
節
錄
）

荀
子

【作者】

荀子（公元前 313〔？〕至公元前 238 年），名況，又稱「荀卿」
或「孫卿」。戰國後期趙人，三為齊國祭酒，晚年逃讒於楚，居於蘭陵，
教學著書終老，有《荀子》三十二篇傳世。大小戴《禮記》中，即多採錄
荀子之言，對漢代經學很有影響。文字比較深雅周密，鋪排繁麗，體裁是
論說體而非語錄體，與《論語》、《孟子》大異其趣。所謂「賦」的文體，
也從荀子開始。

荀子尊崇孔子，但主張「性惡」，不「法先王」而「法後王」，則與
孟子相反，實則他所謂「惡」的「性」，是人與動物相同的「自然之性」，
與孟子所標舉的「自覺之性」，能夠辨是非、別善惡的人類特有能力不同。
人性有惡，自然需要「化性起偽」（興起人為的事功以化解惡性），辦法就

是「勤學」、「隆禮」──所謂「禮」，就是近代成功政治典範（即所謂「後王」）的典章制度，所以，荀子比較注重知識的地位與方法，講究功效，可說是先秦儒學的別派。他兩位最著名的弟子──韓非、李斯，就都是反對儒、墨，擁護君主極權專政的法家了。

【題解】

「天」是人（「大」）上面的龐大力量（「一」）。這力量，可以是宗教的「神靈」，可以是哲學的「義理根源」，也可以是沒有意志、更沒有甚麼善惡可言的「自然律」。神權信仰者把「天」當為崇拜的對象，周初人文精神躍起以後的哲人，將「天」視作道德倫理的依據；荀子則認為「天」只是客觀的事物規律，人不必去思慕，不必去膜拜，只是要去了解、去運用──這就接近傳統的西方心靈了。

荀子這種思想，最主要見於〈天論〉篇，原文很長，中間一大部分比較繁雜艱深，現在節錄了比較清晰暢利的最初和差不多最後的一段。

【譯注】

天行有常，	天道的自然運行，有它的客觀規律，
不為堯存，	（這規律）不因為帝堯般的聖主而存在，
不為桀亡。	也不為夏桀般的暴君而消失。

應之以治 ❶ 則吉,	（我們）配合之以禮義的行為，後果就美好；
應之以亂則凶。	配合之以不合理的舉動，後果就惡劣，
強本而節用，	（譬如說：）加強農業生產，節制消費，
則天不能貧；	天就不能令人貧困；
養備而動時，	養生的條件完備，舉動又適合時宜，
則天不能病；	天就不能令人生病；
修道而不貳 ❷，	遵循着禮義的原則而不犯錯誤，
則天不能禍。	天就不能對人加禍。
故水旱不能使之饑，	所以，天然的水、旱，並不能使人饑荒，
寒暑不能使之疾，	節令的寒暑，並不能令人疾病，
祅 ❸ 怪不能使之凶。	種種的自然怪象，並不能降生災禍。
本荒而用侈，	（如果）荒廢生產，用度奢侈，
則天不能使之富；	那就天也不能令人富足；
養略而動罕，	養生的條件不完備，又缺少運動，
則天不能使之全；	那就天也不能令人健全；
倍 ❹ 道而妄行，	離背了正道而胡作非為，
則天不能使之吉。	那就天也不能使人幸福。
故水旱未至而凶，	所以，（如果人應做的工作沒有做得好，那麼，）水災、旱災還沒有來到，災難就已經有了，

寒暑未薄 **❺** 而疾，	寒冷、暑熱還沒有迫近，疾病就已經生了，
袄怪未至而凶。	怪事、異象還沒有發生，禍事就已經來了。
受時與治世同，	所接受的天時和太平盛世相同，
而殃禍與治世異，	而所遭遇的禍患和太平盛世有異，
不可以怨天，	不可以怨恨這個「天」。
其道然也。	它自然的道理，本來就這樣啊。
故明於天人之分 **❻**，	所以，明白「天道」與「人事」的不同職分，
則可謂至人矣。	就可說是最高明的人了。
……	……
大天而思之，	把天看得很尊大而思慕它，
孰與物畜而制之？	怎似得當它是物質看待而控制它？
從天而頌之，	對天順從、歌頌，
孰與制天命而用之？	怎似得控制自然安排的規律，而加以運用？
望時而待之，	盼望天時，而期待它的恩賜，
孰與應時而使之？	怎似得因應時節，而加以使用？
因物而多之，	任從物類的自然增多，
孰與騁能而化之？	怎似得施展人的才能，而把它們變化發展？
思物而物之，	想望萬物而把它們擁有，
孰與理物而勿失之也？	怎似得好好管理萬物，令它們不會喪失呢？

願於物之所以生，　　　　　　與其盼望於物之所由產生的天，

孰與有物之所以成？　　　　　怎似得在物之所以生成上面參一

　　　　　　　　　　　　　　把手？

故錯人而思天，　　　　　　　所以，捨下了人的應有努力，而一

　　　　　　　　　　　　　　味寄望於天，

則失萬物之情！　　　　　　　那就違背萬物的實情了！

❶　治：《荀子‧不苟》篇：「禮義之謂治。」。

❷　前人謂：應作「循道而不貳（音「惕」）」，譯文依此。

❸　祅：即「妖」字。

❹　倍：即「背」字。

❺　薄：迫近。

❻　分：職分。

【賞析】

　　天的職分，是產生萬物，讓它們各循其理而運行；人的職分，是要
循着自己的理 —— 即所謂「治」，所謂「禮義」—— 去應用萬物。《周易》
說「開物成務」，《中庸》說「參天地，贊化育」，荀子本文的思想，仍然
是人本的、實用的、儒家的。至於善用排比句法，鋪張揚厲，原是荀子文
風之一，而本文的兩段特別見得流暢爽利而已。

寓言三則

韓
非

【作者】

　　韓非（約公元前 280 至公元前 233 年），戰國末期韓國貴族，與李斯同師荀卿，屢諫韓王變法圖強，不見用，口吃而善著書，書傳至秦，秦王政（即後來之秦始皇）極賞其書，為得韓非而急攻韓國，非於是應命使秦，未得用而遭忌於李斯，被逼於獄中自殺。現存《韓非子》五十五篇。

　　韓非承受了先秦各家思想，是法家學說的集大成者。他所師事的荀子的「性惡」觀念，瀰漫在他的一切言論之中。在韓非，荀子的「隆禮」變成「尚法」，「以聖為師」變成「以吏為師」；墨家的「天志」、「尚同」，變成以君為天，統一思想；老子的「無為而無不為」思想，變成了「君主無為以自安、無不為以統馭臣下」的政治運用。他的具體方針是：至高無上的「明君」憑着前期法家慎到所描述的「勢」，運用申不害所主張的

「術」，實行商鞅所強調的「法」，從容有效地操縱整個龐大的國家機器。所以《史記》說他「歸本於黃老」。他貴法治、賤仁德、輕民智、不崇古，認為「儒以文亂法、俠（墨）以武犯禁」，所以要高度中央集權，統治思想。這一切主張，表達於邏輯周密、善用比喻，而流暢健銳不在孟子之下的文章之中，難怪深深投合專制暴君以至不少人的胃口。其人雖死，其說仍然活在秦王、李斯以至後來的專政者的實際措施中。

【題解】

《韓非子》書中多篇，往往引用故事傳說，以至創造寓言，以增加說服力，〈內儲說〉、〈外儲說〉、〈難一〉、〈難二〉、〈難三〉、〈難四〉等十篇，更是故事、寓言的寶庫，以下三則，就是其中數個傳誦的例子。

【譯注】

矛與盾

楚人有鬻矛與盾者，	有位楚國人，售賣矛槍和盾牌，
譽之曰：	（他）稱讚自己的（盾牌）說：
「吾盾之堅，	「我的盾牌非常堅固，
物莫能陷也。」	沒有東西能把它刺穿的。」
又譽其矛曰：	又稱讚自己的矛槍說：
「吾矛之利，	「我的矛槍非常銳利，

於物無不陷也。」
或曰：
「以子之矛，
陷子之盾，
何如？」
其人弗能應也。
夫不可陷之盾，
與無不陷之矛，
不可同世而立。

沒有東西不刺穿的。」
有人（提議）說：
「以你的矛槍，
刺刺你的盾牌，
怎樣？」
那人就不能回答了。
（所以嘛，）刺不穿的盾牌，
和甚麼都能刺穿的矛槍，
不可以存在於同一個世界上。

郢書燕說

郢人有遺 ❶ 燕相國書者，

夜書，
火不明，
因謂持燭者曰：
「舉燭！」
而誤書「舉燭」。

舉燭，
非書意也。
燕相國受書而說 ❷ 之，
曰：
「『舉燭』者，

有個楚國郢都的人，要寫信給燕的相國，

晚上寫信，
燈火不夠明亮，
因此（他）對拿着蠟燭的人說：
「舉燭！」
信上也就一時錯誤，寫上了「舉燭」兩個字，

這兩個字，
原本不是書信的本來意思啊。
燕的相國收到信，非常高興，
說：
「『舉燭』，

尚明也；就是『讓光明抬頭』的意思，

尚明也者，『讓光明抬頭』，

舉賢而任之。」就是『提升賢能的人並且加以重用』了。」

燕相白 ❸ 王，他就把這個意思向王上稟告，

王大悅，王上非常滿意，

國以治。後來國家也就治理得很好。

——治則治矣，——（不過，）好是好，

非書意也。卻並非本來那封信的意思。

今世學者，現代的學者，

多似此類。許多是類似這樣。

❶ 遺：致送。

❷ 說：同「悅」。

❸ 白：告訴。

狗猛酒酸

宋人有酤酒者，有個宋國賣酒的人，

升概 ❶ 甚平，分量很公道，

遇客甚謹，待人客很恭敬，

為酒甚美，酒釀造得很好，

懸幟甚高，酒旗掛得很高，

然而不售。（但生意總是很差，）酒都賣不出。

酒酸。酒就漸漸變酸了。

怪其故。

問其所知閭長者楊倩。

倩曰：

「汝狗猛耶？」

曰：

「狗猛則酒何故而不售？」

曰：

「人畏焉！

或令孺子懷錢，

絜壺罋而往酤，

而狗迓而齕❷之，

此酒所以酸而不售也。」

—— 夫國亦有狗。

有道之士，

懷其術而欲以明萬乘之主，

大臣為猛狗，

迎而齕之。

此人主之所以蔽脅，

而有道之士所以不用也。

（他）很奇怪甚麼原因。

就請問他相熟的地方首長楊倩。

楊倩說：

「你的狗兇嗎？」

（那宋人）說：

「狗兇，酒為甚麼就賣不出呢？」

（楊倩）說：

「人家懼怕嘛！

（人們）可能叫個小孩子帶着錢，

拿着容器去買酒，

碰到一頭兇猛的狗，齜着利牙要咬他，

（你看，）這就是酒變酸而賣不出的原因了。」

—— 其實，國家也有兇狗。

有學問抱負的人，

滿腔熱誠與主張，打算表白於一位萬乘之國的君主，

那些大臣就像兇猛的狗一般，

迎着他，咬他，

這就是為甚麼君主受蒙蔽、受脅持，

而真有學問抱負的人，不被任用了。

❶　升：量酒器。概：量米麥時刮平斗斛的器具。

❷　齕：咬，音「瞎」。

【賞析】

〈矛與盾〉的寓言，取自〈難一〉篇，原本是質疑儒者稱美堯、舜，堯為天子，而舜可以有德化的餘地，證明堯不夠神聖。所以，堯、舜不能同時被稱譽，就如楚人所炫耀的矛、盾不能兩存。

即使聖人在位，世界也不能無罪無過，因此，堯、舜是否能同時被譽，還可以再研究討論，不過，單就矛、盾的比喻來說，確是很生動有力，「矛盾」一詞，因此早就成了常用語文，可見這個寓言影響的廣遠了。

法家是反文化的，韓非子對當世學者、策士往往附會逞臆，稱道先王致治之道，更加特別反感，〈郢書燕說〉一則，取自〈外儲說左上〉篇，就是譏諷人們迷信古書，即使偶然陰差陽錯，竟然成功，仍然改變不了許多古書是胡說的這個事實。故事有趣，令人解頤。

〈狗猛酒酸〉一則取自〈外儲說右上〉篇，主題作者已經說得很清楚，合情合理，而且確是屢見不鮮。無論大小機構的首長，要治理成功，賢能來歸，這個故事都是極好的鑑戒，而韓非之洞達人情、能近取譬，也於此可見。悲慘的是：在自己的祖國，韓非固然被猛狗所齕而不得見用於韓王；著作獲得秦王賞識，怎知卻招來更猛的大狗，這頭大狗並且是昔日同窗，最後並且要了韓非的性命！人性之中本來就有不少「猛狗」的可怕成分，法家的學說，更不能消融這些部分，反因為過於強調這些部分而使它似乎成為理所當然，結果法家人物自己也不免受害（且看日後李斯自己的悲劇）。在懍然戚然之餘，我們是不是應對人性光明、溫暖一面的發現、保存和擴充，有較大的重視呢？

鄒忌諷齊王納諫

《戰國策》

【作者】

　　《戰國策》就是「戰國」時代，奔走於諸侯之間的說客謀士獻計劃「策」的紀錄。上繼春秋，下迄秦漢之際，凡三十三卷，近五百篇，分為十二國策，作者還未確知；筆法生動，富有史學和文學價值。

【題解】

　　戰國初期，齊國君位被田氏所篡，不久，威王即位，用鄒忌為相。鄒忌富於才略，善於諷諭，威王得到他的啟迪和輔弼，修明政治，國勢大盛。取自《戰國策·齊策·一》的本篇，就是與此有關的其中一個故事。

【譯注】

一

鄒忌修八尺 ❶ 有 ❷ 餘，
而形貌昳 ❸ 麗。
朝，服衣冠，窺鏡，
謂其妻曰：
「我孰與城北徐公美？」

其妻曰：
「君美甚，
徐公何能及君也！」
——城北徐公，
齊國之美麗者也。
忌不自信，
而復問其妾曰：
「吾孰與徐公美？」
妾曰：
「徐公何能及君也！」
旦日，
客從外來，
與坐談，
問之客曰：
「吾與徐公孰美？」

鄒忌身高八尺多一點，
而且體形面貌，都俊逸美好。
早上，他穿戴整齊，看看鏡子，
對他妻子說：
「我同城北的徐大爺比，誰漂亮？」

他妻子說：
「您太漂亮了，
徐大爺怎能及得上您呢！」
——城北徐大爺，
是齊國（著名）的美男子啊。
鄒忌自己信不過，
就再問他的妾侍說：
「我同徐大爺比，誰英俊？」
妾侍說：
「徐大爺怎可以和您相比？」
第二天，
有位客人從外邊進來，
（鄒忌）與他坐着聊天，
（就）問他說：
「我和徐大爺，誰漂亮？」

客曰：
「徐公不若君之美也。」

那客人說：
「徐大爺不及您英俊啊。」

❶ 周代一尺，比現在一英尺還短一些。

❷ 有：通「又」字。

❸ 昳：一說音義同「逸」；一說音「迭」，日側射；引伸為「光彩」。

二

明日，徐公來，
熟視之，
自以為不如；
窺鏡而自視，
又弗如遠甚。
暮，寢而思之，曰：
「吾妻之美我者，
私我也；
妾之美我者，
畏我也；
客之美我者，
欲有求於我也。」

又過了一天，徐大爺來了，
（鄒忌）仔細地端詳他，
自己覺得比不上；
照着鏡子來看看自己，
更覺得遠遠不如了。
晚上，躺在床上想想，說：
「我妻子說我漂亮，
是偏我愛啊；
妾侍說我漂亮，
是懼怕我啊；
客人說我漂亮，
是有所要求於我啊。」

三

於是入朝，見威王，曰：

於是，（他）就上朝謁見齊威王，
說：

「臣誠知不如徐公美。　　　　　　「我確實知道不及徐大爺好看。

臣之妻私臣，　　　　　　　　　（但是，）我的妻子偏愛我，

臣之妾畏臣，　　　　　　　　　我的妾侍懼怕我，

臣之客欲有求於臣，　　　　　　我的客人有求於我，

皆以美於徐公。　　　　　　　　都說我比徐大爺英俊。

今齊地方千里，　　　　　　　　如今齊國領土方圓一千多里，

百二十城；　　　　　　　　　　一百二十多座城池；

宮婦左右莫不私王，　　　　　　宮中的后妃、近臣，沒有誰不偏向

　　　　　　　　　　　　　　　王上，

朝廷之臣莫不畏王，　　　　　　朝廷裏的百官，沒有誰不懼怕王上，

四境之內莫不有求於王。　　　　全國東西南北的範圍之內，沒有誰

　　　　　　　　　　　　　　　不有求於王上，

由此可觀，　　　　　　　　　　由此看來，

王之蔽甚矣。」　　　　　　　　王上所受的蒙蔽太厲害了！」

四

王曰：「善！」　　　　　　　　威王說：「好對啊！」

乃下令：　　　　　　　　　　　於是下令：

「群臣、吏、民，　　　　　　　「各級官吏、人民，

能面刺寡人之過者，　　　　　　能夠當面指出我的過錯的，

受上賞；　　　　　　　　　　　得上等獎賞；

上書諫寡人者，　　　　　　　　把書面意見提上來勸告我的，

受中賞；　　　　　　　　　　　得中等獎賞；

能謗譏於市朝，　　　　　　　　能夠在公眾地方批評我的缺點，

聞於寡人之耳者，	而被我聽到的，
受下賞。」	得下等獎賞。」
令初下，	命令剛剛頒下，
群臣進諫，	群臣（紛紛）進上諫奏，
門庭若市。	宮門、朝廷熱鬧像街市。
數月之後，	數個月之後，
時時而間進。	就斷斷續續地，間中才有人進言。
期年之後，	一周年之後，
雖欲言，	即使有人想說話，
無可進者。	也沒有甚麼可進諫的了。

五

燕、趙、韓、魏聞之，	燕、趙、韓、魏各國聽到這個情況，
皆朝於齊。	都來齊國表示敬賀。
此所謂「戰勝於朝廷 ❶」。	這就是人們所說的：「在自己的政府裏打敗外國了。」

❶ 意思就是：靠修明內政，便勝過了外國，而並不靠戰爭。

【賞析】

　　人君的明與暗，人臣的諂與忠，是千古的興亡關鍵；「兼聽則明，偏信則蔽」，這又是對人 —— 特別是對為領袖者 —— 極重要的忠告。這忠告，不出於枯燥的說理，而出於生動的故事，所以親切有味、發人深省。

本文的前半就是一個小說的「極短篇」。起先顧影自憐的鄒忌，與妻、妾、客人的三問三答。答覆語氣的熱烈程度不同，與徐公實際見面和自己窺鏡的比較，輾轉引發了鄒忌冷靜的自省。文章的後半，便是他把生活體驗與反省所得，提出來與國君分享，這便是執政者所應有的政治智慧 —— 要開放胸襟、鼓勵諫諍，這樣，才能真正的消弭反側，凝聚向心之力。國家團結，便有力對外，便可以不戰而屈人之兵。這是不足五百字的本文，所精警地給予天下後世的重要信息。

禮運：大同‧小康

《禮記》

【作者】

　　《禮記》是一本東周後期至西漢初期百餘年間的儒家思想論文集，解釋禮儀法度以至治國原理，不出於一人之手，作者多已不可考。漢戴德所傳，稱《大戴記》；而《小戴記》則其弟戴聖所傳，較受後人注重，即一般所稱之《禮記》，與《周禮》、《儀禮》合稱「三禮」，並同列《十三經》中。後世與《論語》、《孟子》並列為「四書」的《中庸》、《大學》，就原在《禮記》之中。

【題解】

「禮」在於儒家，兼包個人的生活儀節與國家的典章制度，而又必隨時世而「運轉」。〈禮運〉是《禮記》第九篇，就是與此有關的論述。本文是篇中第一章，記述孔子參與蜡祭興歎，因言偃之問，而暢論五帝「大同」與三代「小康」兩種政治形態。

【譯注】

一

昔者，	從前，
仲尼與於蜡❶賓，	孔子參與年終蜡祭的大典，作為賓客，
事畢，	祭禮完了，
出遊於觀❷之上，	（他）出遊到大門樓上面，
喟然而歎。	唉聲歎氣起來。
──仲尼之歎，	── 孔子的歎息，
蓋歎魯也❸。──	乃是慨歎當時魯國的情況啊。──
言偃在側，曰：	（當時）弟子子游在旁邊，就問道：
「君子何歎？」	「先生為甚麼歎氣呢？」
孔子曰：	孔子說：
「大道之行也，	「大道實行於世上，

與三代之英，	與夏商周三代的英明領袖當政的時代，
丘未之逮也，	我都來不及見到了，
而有志 ❹ 焉。	所看到的是一些有關記載罷了。

❶ 蜡：音「乍」，周代之禮，在十二月舉行對萬物的總祭祀。

❷ 觀：即「魏闕」，宮殿宗廟前的大門樓。

❸ 《孔子家語》無此二句，大抵後人旁注誤成正文，預先解釋孔子之歎，乃在於魯國。

❹ 志：即「誌」或「識」（音「志」）。《家語》作「記」字，意即記事之書。亦有解作「志願」，即孔子有小康甚至大同之志，而今來不及見。可參考《禮記集說》。

二

大道之行也，	大道實行在世上的時候，
天下為公。	天下是（天下人所）公有的。
選賢與 ❶ 能，	選舉賢德能幹的人（出來辦事），
講信修睦。	講究信用，促進和平，
故人不獨親其親，	所以人們不只是親愛自己的父母，
不獨子其子。	不只是愛護自己的兒女。
使老有所終，	要讓老人安享最後的日子，
壯有所用，	壯年人可以各盡所能，
幼有所長，	孩子得到教育成長；
矜寡孤獨廢疾者，	鰥夫、寡婦、沒有父母的兒童、沒有子女的老人、殘廢的、有病的，

皆有所養。　　　　　　　　都有好好的照顧。
男有分，　　　　　　　　　男的都有本分的工作，
女有歸。　　　　　　　　　女的都有歸宿的家庭，
貨惡其棄於地也，　　　　　資源不好荒廢在地裏不開發，
不必藏於己；　　　　　　　（但也）不一定要自己私有；
力惡其不出於身也，　　　　勞動力怕它不出於自己身上，
不必為己。　　　　　　　　（但也）不一定只為自己而勞動。
是故謀閉而不興，　　　　　所以，種種自私的計謀都閉止而不
　　　　　　　　　　　　　興起，

盜竊亂賊而不作，　　　　　偷盜、搶劫、搗亂等種種非法行為
　　　　　　　　　　　　　都不發生，

故外戶而不閉，　　　　　　因此大門可以不關閉，
是謂大同。　　　　　　　　這就是「大同」的世界了。

　❶　與：通「舉」。

<h2 style="text-align:center">三</h2>

今大道既隱，　　　　　　　現在大道已經隱沒了，
天下為家，　　　　　　　　天下變成一姓一家所私有，
各親其親，　　　　　　　　各人只親愛自己的父母，
各子其子。　　　　　　　　只愛護自己的兒女，
貨、力為己。　　　　　　　資源、勞力，都只為了自己。
大人世及以為禮，　　　　　（於是，）統治者變成世襲，這就
　　　　　　　　　　　　　被視為制度。

城、郭、溝、池以為固，	內外城牆、大小護城河等等，被作為堅固的防禦；
禮義以為紀——	禮法、義理，被作為社會規則：
以正君臣、	以（這些規則）來確定君臣的名分、
以篤父子、	堅固兩代間的親情、
以睦兄弟、	和睦兄弟間的關係、
以和夫婦、	調協夫婦間的情感、
以設制度、	設立種種生活準則、
以立田里、	建立土地的區域劃分、
以賢勇知、	獎勵勇力、智能的出眾、
以功為己❶，	酬報那些替自己出力的人，
故謀用❷是作，	所以，陰謀詭計就因此產生，
而兵由此起。	而戰爭也因而興起了。
禹、湯、文、武、成王、周公，	夏禹、商湯、周文王、武王、成王、周公，
由此其選也。	就是在上述條件與原則之下的傑出代表了。
此六君子者，	這六位領袖人物，
未有不謹於禮者也。	沒有不特別重視禮制的啊。
——以著其義，	——禮就是用來顯明義理，
以考其信、	用來考核真假、
著有過、	揭發罪過、
刑仁講讓，	標榜仁愛，講求謙讓，
示民有常。	昭示人民以經常的行為標準。
如有不由此者，	如果有人不依照這些原則，

在勢者去，	有地位的，也要去職，
眾以為殃。	大家都視之為禍根。
是謂「小康」。	這就叫做「小康」了。

❶ 坊本多誤解為「把功勞作為個人所有」之類，大誤。這八句的第二字，都是及物動詞，跟着一個賓詞。

❷ 用：因。

【賞析】

本文重點，不在是否確為孔子的事跡與言論，而在其足以代表古代儒者對人類整體政治的最高理想。

中國自古以農立國於東亞大陸，東瀕大海，西、北都是窮荒大漠，西南又是高山深谷蠻瘴之地，四邊少數民族的文化，向來遠遠不能與中土相比，因此形成重經驗、尊古代，以至「託古改制」（假託古聖先賢的言論來改良現實）的傳統。本文以史實可知的夏商周「三代」的成功時期為「小康」，而富有社會主義理想色彩的「大同」世界在於其前，亦可從這個角度去理解。至於文筆暢達優雅，又多排比句法，當是戰國甚至漢初的儒者作品。

荊軻刺秦王

《史記》

【作者】

　　《史記》，又名《太史公書》，作者是史學與文學的大師 —— 司馬遷。

　　司馬遷（生於公元前 145〔？〕或 135〔？〕年，卒年不詳），字子長，漢夏陽（今陝西韓城）人。世代史官，幼隨其父太史令司馬談至長安，年青時遍遊名山大川，又隨武帝巡行各地，奉使西南。壯年父卒，繼任其職，所以亦稱「太史公」，並且以公務、家族以及儒者責任所在，取材歷代典籍、當代官方文件，以及本身閱歷，撰述一本當時所知人類文化的總紀錄。天漢二年（公元前 99 年），因替李陵敗降匈奴事辯護，觸怒武帝，翌年，被處宮刑。司馬遷於是發憤繼續撰寫上述那套旨在「究天人之際、通古今之變、成一家之言」的《史記》。

　　《史記》凡五十餘萬言，是紀傳體的通史，共一百三十篇。其中十二

〈本紀〉，以王朝元首為主體，編年以記事；三十〈世家〉，分述諸侯國的興衰；七十〈列傳〉，敍說歷代各類典型人物生平；又有八〈書〉詳釋禮樂律曆等制度，十〈表〉整理史事以便檢索。這個體例，為以後歷代正史所遵循。所記上起軒轅，下迄當代，凡二千六百多年史事。從史學成就而言，表現了高度的組織技巧，忠實嚴正的撰述態度，並且呈顯了自己的一套歷史哲學。從文學成就而言，《史記》善於剪裁融會，刻劃重點，熔鑄古今語言藝術。最卓絕的，是對天道命運、人生憂樂的體驗與洞悉，對人類理想的了解與堅持，這些，都表現在他選擇記述的人物的評論裏。所以，曾國藩稱讚《史記》「寓言十居六七」，「弘識孤懷」，是「文家之王都」，魯迅更譽之為「史家之絕唱、無韻之離騷」。

《離騷》的作者屈原，是司馬遷非常敬仰和同情的人物，〈屈原列傳〉也特別寫得夾敍夾議、筆酣墨暢，其他如〈項羽本紀〉、〈孔子世家〉、〈陳涉世家〉、〈信陵君列傳〉、〈廉頗藺相如列傳〉、〈刺客列傳〉、〈淮陰侯列傳〉、〈李將軍列傳〉、〈游俠列傳〉、〈貨殖列傳〉，在文化史或文學史上，都是極有名的篇章。不過對本書來說，即使節錄，如果要始末清楚的話，篇幅往往太長。好在《史記》許多篇最前最後都常有自成首尾以「太史公曰」開首的短文，一般稱為「序」或者「贊辭」，總括所記述人物的要領，而加以評論，由此可以直接見到司馬遷自己的文字與見解。

【題解】

〈刺客列傳〉記錄了曹沫、專諸、豫讓、聶政等人的事跡，而篇幅最大的是荊軻的事跡，其中最高潮是行刺秦王的一幕 —— 就是本節。

戰國末期，秦的侵略已及於僻處東北的燕。燕太子丹曾在秦為人質，

秦王政待之不善，逃歸；又收容得罪秦王的秦將樊於期，於是託衛人荊軻設法見秦王而加以劫持，逼秦盡還侵地。荊軻先勸樊於期自殺，得其頭以備連同所割土地之圖，獻於秦王，以行事。太子丹又得毒匕首及勇士秦舞陽，以助荊軻，然後白衣送行於易水。高漸離擊筑，荊軻和而歌，有「風蕭蕭兮易水寒，壯士一去兮不復還」之句。跟着，就到了秦國……

【譯注】

……	……
遂至秦。	（荊軻他們）於是到了秦國。
持千金之資幣物，	拿了價值極高的財物作為禮品，
厚遺秦王寵臣中庶子 ❶ 蒙嘉。	厚厚地贈送給秦王寵臣中庶子蒙嘉。
嘉為先言於秦王曰：	蒙嘉替他們先對秦王講（些好）話說：
「燕王誠震怖於大王之威，	「燕王確確實實敬畏大王的威風到了極點，
不敢舉兵以逆軍吏，	他不敢調動軍隊和大王的軍官碰頭，
願舉國為內臣，	只是希望全國都變為秦的臣民，
比諸侯之列，	自己成為（大王下面的）諸侯之一，
給貢職如郡縣，	納貢奉職像直轄郡縣一般，
而得奉守先王之宗廟。	因而可以繼續供奉保守他們先王的宗廟。
恐懼不敢自陳，	他恐懼得不敢自己陳述，

謹斬樊於期之頭，	（只有）恭恭謹謹地斬了樊於期的頭，
及獻燕督亢之地圖，	並且奉獻燕國督亢的地圖，
函封，	包裝完妥，
燕王拜送於庭，	由燕王親自在朝庭上行禮送出，
使使以聞大王，	派了使者來向大王稟告，
唯大王命之。」	請大王決定他們怎樣做。」
秦王聞之大喜，	秦王聽了，很高興，
乃朝服，	就穿了正式的大禮服，
設九賓 ❷，	以最隆重的外交禮節，
見燕使者咸陽宮。	在咸陽宮接見燕國使者。
荊軻奉樊於期頭函，	荊軻手捧放着樊於期首級的匣子，
而秦舞陽奉地圖匣，	而秦舞陽捧着地圖的匣子，
以次進。	一先一後走進去。
至陛，	到了（秦王寶座的）階級前面，
秦舞陽色變，振恐，	秦舞陽面色大變，身體顫抖起來，十分恐懼的樣子，
群臣怪之。	（秦國殿上的）大臣很奇怪他這樣。
荊軻顧笑舞陽，	荊軻回頭對他（惋惜、憐憫地）笑笑，
前謝曰：	向前（對秦王）道歉説：
「北蕃蠻夷之鄙人，	「這北方邊遠落後地方的鄉下人，
未嘗見天子，	從來沒朝見過天子，
故振慴。	所以顫抖起來。
願大王少假借之，	請大王稍稍原諒他，給他一個機會，

使得畢使於前。」

秦王謂軻曰：
「取舞陽所持地圖。」
軻既取圖奏之。
秦王發圖，
圖窮而匕現。

因左手把秦王之袖，
而右手持匕首揕 ❸ 之。
未至身，
秦王驚，
自引而起，
袖絕。
拔劍，
劍長，
操其室，
——時惶急，
劍堅，
故不可立拔——
荊軻逐秦王，
秦王環柱而走，
群臣皆愕，
卒 ❹ 起不意，
盡失其度。

讓他在大王面前完成使者的任
務。」
秦王對荊軻説：
「把秦舞陽手上的地圖拿上來！」
荊軻就拿了地圖，呈獻上去。
秦王打開（捲着的）地圖，
地圖一開盡，（藏在裏面的）匕首
就現出來了。

（荊軻）於是左手執着秦王的衣袖，
右手拿起那把匕首刺過去。
還未刺到秦王的身體，
秦王一驚，
本能地向後一縮，迅速抽身站起來，
衣袖也扯斷了。
他要拔出佩劍，
劍很長，
他握着劍鞘，
——當時他又驚慌，情況又危急，
劍又套得很緊，
所以一時之間拔不出來 ——
荊軻就追着秦王，
秦王繞着殿柱逃走，
（當時）群臣都愕然，
因為一切都突然意外地發生，
規矩都完全亂了。

而秦法：	秦朝的法規：
群臣侍殿上者，	群臣侍於殿上的，
不得持尺寸之兵。	任何長短兵器也不許攜帶。
諸郎中執兵，	那班執着兵器的侍衞官，
皆陳殿下，	都在殿下站班，
非有詔，	沒有君王的命令，
不得上。	不能上殿。
方急時，	當時正在急切，
不及召下兵❺，	來不及宣召殿下的兵卒，
以故荊軻乃逐秦王。	所以荊軻就能追擊秦王。
而卒惶急，	（群臣）因為事起突然，又驚慌、又緊急，
無以擊軻，	沒有東西對付荊軻，
而以手共搏之。	就用手一同與他廝鬥。
是時，	這個時候，
侍醫夏無且，以其所奉藥囊提荊軻也。	侍醫夏無且還用他所捧着的藥囊向荊軻投擲呢！
秦王方環柱走，	這時，秦王正在繞着柱逃走，
卒惶急，	又急、又驚、又亂，
不知所為。	不知做甚麼好。
左右乃曰：	左右的侍臣就（提醒他）説：
「王！負劍❻！」	「王上！背起劍！」
負劍，	秦王一（彎腰，）背起劍，
遂拔以擊荊軻，	就把它拔出來還擊荊軻，
斷其左股。	斬斷了他的左腿。

荊軻廢，

乃引其匕首以擿❼秦王，

不中，

中銅柱。

秦王復擊軻，

軻被八創。

軻自知事不成，

倚柱而笑，

箕踞以罵曰：

「事所以不成者，

以欲生劫之，

必得約契以報太子也。」

於是左右既前殺軻。

秦王不怡者良久。

已而論功賞群臣及當坐者各有差；

而賜夏無且黃金二百鎰，

曰：「無且愛我，

乃以藥囊提荊軻也。」

荊軻殘廢了，

就拿匕首往後跟着向前對秦王飛擲過去，

擲不中，

中了銅柱。

秦王再向荊軻追擊，

荊軻受了八處重傷。

他自知事情失敗了，

倚着柱，慘笑着，

坐下來，伸直腿，罵着説：

「事情之所以不成功，

就因為想把你活捉而劫持，

一定要得到還地的承諾，來回報太子啊！」

於是左右的人（紛紛）上前，殺了荊軻。

秦王不開心了好一段時間。

後來論功賞賜群臣，並處罰失職有罪的人，各有輕重；

而賞賜夏無且二百鎰黃金，

説：「無且愛護我，

所以把（貴重的）藥囊投擲荊軻啊。」

❶ 中庶子：秦王近臣，管宮中車馬之類事務。

❷ 九賓：朝會大典設九名執事儐相，以傳呼迎侍，司儀贊禮。

❸ 揕：擊刺，音「朕」。

❹ 卒：即「猝」。

❺ 兵：前面兩個「兵」字是「武器」，這裏是指殿下的兵卒。

❻ 負劍：古人佩劍，橫於腰後，秦王劍長，又不常用，故不易拔出。如推劍上背，彎身而順勢拔之，比較容易。

❼ 摘：即「擲」。

【賞析】

因為這只是原篇的一個片斷，所以不能作整體的分析。在本文出現的人物，如寵臣蒙嘉的便佞、荊軻的鎮定機智與秦舞陽臨場震懾的對比，都栩栩如生。圖窮匕現，擊刺秦王不果，殿上追逐，失敗就義一節，尤其緊張刺激，悲壯動人，這都可見《史記》語言精煉、善於敘事的長處。陶淵明〈詠荊軻〉詩最後幾句：

「惜哉劍術疏，奇功遂不成；其人雖已沒，千載有餘情。」

對捨生取義、不畏強權的荊軻，那種佩服、惋惜之情，其實讀者已經在《史記》的字裏行間感覺到了。

項羽本紀贊

《史記》

【作者】

見第 72 至 73 頁。

【題解】

　　司馬遷生於漢代，而把與漢相爭的楚霸王項羽作為那個時期天下政治的中心人物，列之於為帝王而設的〈本紀〉，可見他忠於史實的膽略和見識。

　　「贊」就是「助」，正文之後一段短篇，或概括、或補充、或評論，謂之〈贊〉。本文就是〈項羽本紀〉最後的總結評論。

【譯注】

一

太史公曰：
吾聞之周生曰：
「舜目蓋重瞳子。」
又聞項羽亦重瞳子，
羽豈其苗裔耶？
何興之暴也！

太史公評論說：
我聽一位儒者周先生說：
「帝舜的每隻眼睛是兩個瞳子的。」
又聽說項羽也是這樣，
難道項羽是他的後代嗎？
不然，為甚麼興起得這樣突然呢？

二

夫秦失其政，
陳涉首難，
豪傑蠭起，
相與並爭，
不可勝數。
然羽非有尺寸，

乘勢起隴畝之中，
三年，
遂將五諸侯 ❶ 滅秦，
分裂天下而封王侯，

當秦朝統治失敗，
陳涉首先發難，
豪傑（像蜂般）紛紛起事，
彼此爭奪政權，
多得不得了。
然而項羽並沒有起碼的封地或者
權勢，

只是把握時機從農村中起來，
經過短短三年，
就率領其他五國的諸侯，滅了秦朝，
把（秦統一了的）天下再次割裂，
分封王侯，

政由羽出，	一切政治號令由項羽發出，
號為霸王，	自號為「霸王」，
位雖不終，	雖然他的勢力地位不能維持到底，
近古以來未嘗有也。	（但確是）近古以來從未有的（人物）。

❶ 將：帶兵、率領，去聲，讀「醬」。五諸侯：已滅於秦之六國，其後人一度乘機重新建國，此指楚以外其他五國的重組軍隊。

三

及羽背關 ❶ 懷楚 ❷，	及至他離棄了關中，戀戀於楚的故地，
放逐義帝而自立 ❸，	又放逐義帝，殺之自立；
怨王侯叛己，	又怨諸侯背叛自己（ —— 其實他種種行為，失盡人心），
難矣！	（要想不眾叛親離，）難了！
自矜功伐，	（他）以戰功自誇，
奮其私智而不師古，	只信任個人的聰明，而不虛心吸收歷史教訓，
謂霸王之業，	以為霸王的事業（就是這樣），
欲以力征經營天下，	想全靠武力便可以贏得整個世界，
五年卒亡其國，	（於是只有）五年，卒之亡了他的國家，
身死東城，	自己也死在東城，
尚不覺寤而不自責，	還不能覺悟、不知自責，

過矣！	實在錯了！
乃引「天亡我，非用兵之罪也」，	（他）反而還要引用「上天滅亡我，不是我用兵錯誤」（找理由來卸責），
豈不謬哉！	豈不是大大的錯誤嗎！

❶ 背關：離棄了關中這個有利的戰略地點。（又有解作背棄了與劉邦「先入關者為王」的約。項羽後到，既不許劉邦王於關中，自己又戀楚而返回故地。）

❷ 懷楚：項羽鄉土之情很重，威勢最盛時，不都於關中而東回彭城，放棄了地理優勢。

❸ 楚懷王孫心在民間牧羊，為項梁所立，以維繫人心，到項羽時，更尊之為「義帝」（即「榮譽皇帝」），後來又放逐並且擊殺之於江中。

【賞析】

開首是意趣悠然的幾筆，從傳說相貌之異為項羽之「暴興」點染一些神秘動人的氣氛。

跟着第二段，由其「興之暴」，可見是時勢，也是英雄。項羽當然是楚漢逐鹿的失敗者，但更是迅速滅秦的英雄，而且一度是天下政令所出，所以《史記》尊之於本紀，「近古以來未嘗有也」，司馬遷在此給予這位最後失敗的蓋世英雄以應得的正面評價。

評價不只是正面的，公道的敬佩之外，更有由衷的惋惜。「及羽背關懷楚」以下，文勢隨項羽昔日形勢的轉變而轉變，剖析一代天驕的敗因。首先，戰略方面：棄關中戀楚地，不智之一；對義帝不義，大失人心，不智之二；逆時代趨於郡縣一統的潮流，還分封諸侯，而又不公，不智之

三。其次，個人性格方面：迷信武力，殘暴不仁（坑殺降卒二十萬），「自矜功伐」，此其一；不懂政治，不能用人（韓信、陳平、黥布等興漢弱楚之人，都原本在項羽帳下，得一范增，亦終被氣死），「奮其私智」，此其二；不能自省，至死仍然只知怨天，此其三。

本文不到二百字，夾敘夾議，敘述得極其扼要，議論得極有見地，可以說是一代霸王的最佳墓誌銘，最精確的評傳。

貨殖列傳序

《史記》

【作者】

見第 72 至 73 頁。

【題解】

　　貨殖，就是商品的生產與貿易。華夏自古以農立國，儒者重義輕利，法家務農賤商，於是所謂「崇本抑末」，就成了歷代當國者的理念與政策。司馬遷則認為管仲說得對：「倉廩實而知禮節，衣食足而知榮辱」，禮生於有而廢於無，君子富，好行其德；小人富，以適其力，求利動機是與生俱來、無可壓抑、也不必壓抑的，作為士大夫，「無岩處奇士之行，而長

貧賤、好語仁義，亦足羞也」。並不能真正隱逸，也缺乏生產技能，只是口頭掛着一些空洞的道德口號，這是可恥可笑的。對一般人來說，對執政者來說，發展商品經濟更是當務之急（以上皆見《史記》卷129〈貨殖列傳〉）。所以他記述了姜尚、管仲等富齊的國策，計然、陶朱公、子貢以至漢初各地富有企業精神的貨殖之雄的成功經驗，以至中國各地的經濟情況。這是司馬遷著書超越時代與環境的特色，《漢書》疵議他「崇勢利而羞賤貧」，班固與他器識胸襟的不同，也就由此可見了。

以下是〈貨殖列傳〉開首的一節文字。

【譯注】

一

老子曰：
「至治之極，
鄰國相望，
雞狗之聲相聞，
民各甘其食，
美其服，
安其俗，
樂其業，
至老死不相往來 ❶。」

—— 必用此為務，

老子説：
「最好政治的最高情況，是：
鄰國之間，可以互相望見，
雞鳴狗吠的聲音，可以互相聽到，
老百姓各自以為自己的東西最好吃，
自己的衣服最好看，
自己的風俗最妥當，
自己的工作最快樂，
這樣直到衰老、死亡，都不相往來，沒有交通。」

—— 如果一定要按這樣的主張去做，

輓❷ 近世，	以挽回近世（的所謂浮奢風氣），
塗❸ 民耳目，	堵塞老百姓（喜歡聲色之娛）的耳朵、眼睛，
則幾無行矣。	那就幾乎完全做不通了。

❶ 《老子》王弼注本八十章，文字稍有不同，大意是如此。

❷ 輓：同「挽」。或解同「晚」，未佳。

❸ 塗：爛泥，引申為「堵塞」。

二

太史公曰：	太史公說：
夫神農以前，	說起神農以前的情形，
吾不知已❶。	我不知道了；
至若《詩》《書》所述虞、夏以來，	至於《詩經》、《書經》所記載，從虞舜和夏朝以來的社會，（都是這樣：）
耳目欲極聲色之好，	耳目要想窮盡聲、色的好享受，
口欲窮芻豢❷之味，	口想要吃盡牲畜肉食的美味，
身安逸樂，	身子要安於逸樂，
而心誇矜勢能之榮，	心理上要誇耀權勢、能力的種種威風，
使俗❸之漸❹民久矣。	這種風氣、習慣，老百姓已經沾染很久了，
雖戶說以眇❺論，	即使挨家逐戶以高妙的理論去勸導他們，

終不能化。　　　　　　　　　也終究不能有甚麼感化。

故善者因之，　　　　　　　　所以，最好的方法是順其自然，

其次利道之，　　　　　　　　其次，是技巧地引導他們發展，

其次教誨之，　　　　　　　　再其次，是教訓他們（如何如何），

其次整齊之，　　　　　　　　又再其次，是規定他們（不准怎樣，不得怎樣）；

最下者與之爭。　　　　　　　最差的，是（以政治、軍事的權勢）和老百姓爭利益。

❶ 已：同「矣」。

❷ 芻：以草餵養的牲畜，如牛、羊。豢：以糧食餵養的牲畜，如犬、豕。

❸ 使俗：一般解作「使這種風俗」；或說「使」是「流」字之誤，較通順。

❹ 漸：逐漸浸漬，沾染影響。

❺ 眇：同「妙」。

三

夫山西饒材、竹、穀❶、　　　（譬如說：）太行山以西，富有木
纑❷、旄❸、玉石；　　　　　材、竹、穀樹、野蔴、旄牛、玉石；

山東多魚、鹽、漆、絲、聲色；　太行山以東，多的是魚類、海
　　　　　　　　　　　　　　鹽、漆、絲和娛樂事業；

江南出枏、梓、薑、桂、　　　江南出產楠木、梓木、薑、桂、
金、錫、連❹、丹沙、犀、玳　金、錫、鉛、硃砂、犀牛、玳
瑁、珠璣、齒、革；　　　　　瑁、珍珠、象牙、皮革；

龍門、碣石北多馬、牛、羊、旄 ❺ 裘、筋、角；
銅、鐵則千里往往山出棋置，

龍門、碣石以北，就盛產馬、牛、羊和毛織品、筋、角；
銅、鐵之類，就往往像棋子一般；不規則地密佈於千里之廣的山區之中，

此其大較也。
皆中國 ❻ 人民所喜好，

這是各地物產分佈的一個大概比較。
（這些東西，）都是中原老百姓的喜好，

謠俗 ❼ 被服飲食奉生送死之具也。

所流行的，穿着、飲食、養生、喪葬等等生活必需的物品啊。

故待農而食之，
虞 ❽ 而出之，

所以，（我們）要靠農夫生產糧食，
靠林務、礦務、水產等人員開發山、水資源，

工而成之，
商而通之。

靠工人造出器具，
靠商人交通貿易。

此寧有政教發徵期會哉？

這（種種生產活動）難道有行政命令去發動、徵召、約會進行嗎？

人各任其能，

各行各業的人，憑着他們的專業知識，

竭其力，
以得所欲。

盡他們的力量，
以滿足各自的需要。

故物賤之徵 ❾ 貴，

所以，商品價錢普遍低賤，就是快要貴起來的徵兆，

貴之徵賤，

反之，物價太貴，人人不買，那就會跌價了。

各勸其業，	人們各自勉力本身的生產工作，
樂其事，	以（賺錢的）事業為樂，
若水之趨下，	好像水往低流一般，
日夜無休時。	日日夜夜，沒有停止。
不召而自來，	（利之所在）不必召集，人們自然紛紛來參加，
不求而民出之，	不必要求，人們自然會拿出東西，
豈非道之所符，	這不就符合大道的原理，
而自然之驗❿邪？	也就是自然法則的表現嗎？

❶ 榖：樹名，皮可以造紙。

❷ 纑：野生蔴類植物，可以織布。

❸ 旄：牦牛，尾可以作旗幟裝飾。

❹ 連：即「鉛」。

❺ 旃：即「氈」。

❻ 中國：在那時，是「中原」的同義詞。

❼ 謠俗：像歌謠般流行。

❽ 虞：官名，管山林水澤的出產，類似今日農林漁業管理處。

❾ 微：徵兆、預兆。

❿ 「道」即「自然」，「符」即是「驗」，行文故作偶句，以加強氣勢，即今語所謂符合經濟原則。

【賞析】

　　這裏只是〈貨殖列傳〉開頭一大段（即後世所習稱為「序」）的首三

節文字，所以不必作整體的分析。漢初承幾百年大動亂之後，行「黃老之治」，以與民休息，司馬遷父親司馬談，有〈論六家要旨〉，也以道家的無為而治，超過儒墨名法陰陽五家。另一方面，休養既久，國力既充，政府漸漸不安於「無為」，對經濟事務自然有所指導、干涉，甚至藉權勢而官商勾結，或者與民爭利，這是本文以《老子》發端，指出那種所謂理想社會之不可行，求利動機同樣出於自然，商品交易有其實際需要，都是無所不包、無所不在的「自然大道」的一種表現。所以，「積極的不干預」、「順其自然的輔導」，是最好的政策。官僚資本、與民爭利，是最壞的現象。由此可見，西方近世經濟學家所謂「無形的手」，司馬遷也是早有所見的。

重答夫書

徐
淑

【作者】

　　徐淑，東漢女詩人，隴西（今甘肅）人，嫁同郡秦嘉，感情極好。因疾回娘家，而秦嘉出仕，於是書信來往。後來秦嘉早逝，徐淑亦哀傷而卒，現存答夫詩一首及書二篇。

【題解】

　　秦嘉出仕，寫信給徐淑，接到她的信後，再寄贈鏡、釵、芳香、素琴物，以示愛情，徐淑再覆一信，就是本文。

【譯注】

一

既惠音令，	（您）已經寄給（我盼望中的）音訊，
兼賜諸物，	又贈送這許多東西，
厚顧殷勤，	（您）厚意、殷勤的眷顧，
出於非望！	實在（令我有）出乎意外（的驚喜）！

二

鏡有文彩之麗，	那鏡子的花紋彩色，都非常美麗，
釵有殊異之觀，	那金釵的設計也很新奇可愛，
芳香既珍，	那香囊十分珍貴，
素琴益好。	那素琴更加美好，
惠異物於鄙陋，	把這些奇異的禮物贈送給愚笨的我，
割所珍以相賜，	又把您自己珍愛的東西賜贈，
非豐厚之恩，	如果不是情深意厚，
孰肯若斯？	誰肯這樣呢？

三

| 覽鏡執釵， | （我）照着那鏡子，執着那金釵， |

情想彷彿；	不禁情思綿綿，好像您就在我身旁；
操琴詠詩 ❶，	（我）彈着您贈送的琴，詠唱着您為我而寫的詩，
思心成結。	懷念您的心，又糾結在一起了。
敕以芳香馥身，	您的詩，叫我以香囊薰馥身體，
喻以明鏡鑑形；	以明鏡來照看形貌；
斯言過矣，	這些話不對了，
未獲我心也。	並不符合我的心意啊！
昔詩人有「飛蓬」之感 ❷，	從前，《詩經》的作者有「首如飛蓬」的感想，
班婕妤有「誰榮」之歎 ❸；	班婕妤有「為誰而打扮」的歎息；
素琴之作，	（所以），那張琴，
當須君歸；	要等您回來，才好好彈奏；
明鏡之鑑，	那面鏡子，
當待君還。	要等您回來，才好好照看。
未奉光儀，	如果未有看到您的儀容，
則寶釵不列也；	那金釵不會拿出；
未侍帷帳，	如果未能夠和您在一起，
則芳香不發也。	那香囊不會打開了。

❶ 秦嘉〈贈婦詩〉三首之一，其中有句：「顧看空屋中，彷彿想姿形，一別懷萬恨，起坐為不寧。何用敘我心？遺思致款誠。寶釵好耀首，明鏡可鑑形；芳香去垢穢，素琴有清聲……」。

❷ 《詩經·衛風·伯兮》，有「自伯之東，首如飛蓬；豈無膏沐？誰適為容？」之句，意思是：自從丈夫去了東方，自己的頭髮就亂得像團風中的蓬草，難道沒有油膏和沐浴的設備嗎？只是為誰而打扮呢？

❸ 班婕妤初寵於漢成帝，後來被趙飛燕所譖而冷落，於是作賦自悼，其中有「君不御兮誰為榮」之句。

【賞析】

後漢是一個禮教的時代，徐淑是一位很有教養的才女，濃摯的伉儷之愛，表出於優雅之文。情意纏綿，盡在細心體貼之中。

出師表

諸葛亮

【作者】

　　諸葛亮（181至234年），字孔明，漢末琅琊（今山東）人。初年避亂隱居南陽隆中（今湖北襄陽縣西），耕種自活，不忘世事，好為〈梁父吟〉，以晚周名政治家管仲、軍事家樂毅自比，時人識其才者，亦稱他為「臥龍」。建安十二年（207年），廿六歲，應劉備「三顧草廬」的誠懇邀請，定「東連孫吳，北拒曹魏」為基本國策，以光復漢室。十多年間，使勢孤力弱的蜀漢，能與魏吳三分天下。章武三年（223年），劉備征吳敗死，諸葛亮受託孤之命，輔助後主劉禪，總理國政。他厲行法治，修好孫吳，撫定南方，然後六出祁山，分兵屯田，北伐中原。曾設計木牛、流馬以運餉，作八陣圖，改良連弩，屢敗魏師。可惜時無良將，又國力不繼，卒之不能如願，勞瘁逝於軍中。其智慧忠義，奮鬥不懈，極受時

人與後世景仰。遺作被輯成《諸葛亮集》行世。

【題解】

　　「表」就是大臣呈獻給國家元首的計劃書和意向書。蜀漢後主建興五年（227 年），諸葛亮準備就緒，決定出師，臨行上表後主，表明自己以及其他文武百官，為追劉備的知遇，欲報之於當今，所以希望後主振作公平，知人善任，使他能夠專心關乎蜀漢生死存亡的北伐大業。

【譯注】

一

臣亮❶言：	愚臣諸葛亮啟奏：
先帝創業未半，	先帝創業還沒有完成一半，
而中道崩殂❷，	就中途歸了天，
今天下三分，	現代天下鼎足三分，
益州疲弊，	（我們）益州地方的人力物力是那麼疲乏困頓，
此誠危急存亡之秋也。	這真是局勢危急、生死關頭的時候啊！
然侍衛之臣不懈於內，	但是，在裏面的侍衛百官不敢懈怠，
忠志之士忘身於外者❸。	在外邊的忠貞臣子努力得忘記自己，

蓋追先帝之殊遇，	那是因為（大家都）追念先帝的特殊賞識，
欲報之於陛下也。	要在陛下身上報答啊。
誠宜開張聖聽，	（陛下）實在應該廣泛聽取意見，
以光先帝遺德，	以光大先帝留下的美德，
恢弘志士之氣，	鼓舞、發揚愛國志士們精神，
不宜妄自菲薄，	不好隨便看輕自己，
引喻失義，	（或者）言談間的稱引，比喻失去合宜之道，
以塞忠諫之路也。	以致阻塞（臣民向陛下）盡忠勸諫的路途啊。

❶ 古人自稱必用「名」，禮貌地稱平輩或尊輩，則用對方的「字」。

❷ 崩殂：古代所稱帝王之死。

❸ 舊日帝王身兼「王室家長」與「政府元首」之位，故有下文所謂「宮中」、「府中」、「內外異法」。此處之「內」、「外」固然可作同解，但「忘身於外」又以將士為近，所以語譯兼顧兩解。

二

宮中府中，	宮裏和丞相府裏（的人和事），
俱為一體；	都是（陛下的臣子，）一個整體（地辦陛下的事）；
陟罰臧否，	（他們的）提升、懲罰、讚揚、責備，

不宜異同。	不應該有所差別。
若有作奸犯科、	如果有做了壞事、犯了法律,
及為忠善者,	以及忠心盡責,做了好事的,
宜付有司論其刑賞,	應該交由有關官員審議賞罰,
以昭陛下平明之理,	以顯示陛下公正清明的治理方針,
不宜偏私,	不要有偏袒的私心,
使內外異法也。	弄到皇宮內外有不同的標準啊。

三

侍中、侍郎 —— 郭攸之、費褘、董允等,	（像）侍中郭攸之、費褘,黃門侍郎董允等人,
此皆良實 ❶,	這都是善良、實幹,
志慮忠純,	意念心思都忠貞純粹,
是以先帝簡 ❷ 拔以遺陛下。	所以先帝選拔以留給陛下。
愚以為宮中之事,	愚臣以為宮裏的事,
事無大小,	無論大小,
悉以咨之然後施行,	都拿來詢問他們然後辦理,
必能裨補缺漏,	一定能夠補益缺漏,
有所廣益。	有更好的效果。
將軍向寵,	向寵將軍,
性行淑均,	品性行為,都善良公正,
曉暢軍事,	軍事方面熟練精通,
試用於昔日 ❸,	舊時曾經嘗試任用,
先帝稱之曰能,	先帝稱讚他能幹,

是以眾議舉寵以為督。　　所以大家建議推舉他做「中部督」。

愚以為營中之事，　　　　愚臣以為（禁衛）營裏的（部隊）
　　　　　　　　　　　　　事務，

悉以咨之，　　　　　　　都拿來詢問他，
必能使行陣和睦，　　　　一定能夠令軍隊和睦齊心，
優劣得所也。　　　　　　才具的高低、能力的大小，都安排
　　　　　　　　　　　　　得適當。

❶　實：坊本多譯為「誠實」，與下句重複。

❷　簡：即「揀」。

❸　劉備征吳失敗，向寵所部折損最小。

四

親賢臣、遠小人，　　　　親近賢能的臣子，疏遠奸佞的小
　　　　　　　　　　　　　人，

此先漢所以興隆也；　　　這是前漢之所以興旺昌隆啊；
親小人、遠賢臣，　　　　親近奸佞的小人，疏遠賢能的臣
　　　　　　　　　　　　　子，

此後漢所以傾頹也。　　　這是後漢之所以衰退敗壞啊。
先帝在時，　　　　　　　先帝在世時，
每與臣論此事，　　　　　每次與愚臣談到這些事，
未嘗不歎息痛恨 ❶ 於桓、靈　沒有不歎氣而痛心遺憾於桓帝、靈
也！　　　　　　　　　　帝的作為啊！
侍中、尚書、長史、參軍，　侍中（郭攸之、費禕）、尚書（陳
　　　　　　　　　　　　　震）、長史（張裔）、參軍（蔣琬），

此悉貞良死節之臣,	他們都是忠貞、善良,能夠以死報國的臣子,
願陛下親之信之,	希望陛下親近他們,信任他們,
則漢室之隆,	這樣,漢家王朝的興隆,
可計日而待也。	可以數着日子來等待了。

❶ 痛恨:痛心、遺憾二詞,與後世語體作為「非常怨恨」一詞者不同。

五

臣本布衣,	愚臣本來是個平民百姓,
躬耕於南陽,	在南陽地方親自耕田,
苟全性命於亂世,	只想在亂世中胡亂過活,
不求聞達於諸侯。	沒有希冀在割據的群雄那裏出名發達。
先帝不以臣卑鄙 ❶,	先帝不因為愚臣低微淺陋,
猥自枉屈,	屈辱他自己,降下他尊貴的身分,
三顧臣於草廬之中,	三次到茅舍來看愚臣,
咨臣以當世之事,	詢問愚臣以時局的問題,
由是感激,	(愚臣)因此受到感動、激發,
遂許先帝以驅馳。	就答應先帝,替他効力奔走。
後值傾覆,	不久之後,就碰上軍事失利,
受任於敗軍之際,	(愚臣)在敗仗時接受任務,
奉命於危難之間 ❷,	在危險災難時負上使命,
爾來二十有 ❸ 一年矣!	到現在又二十一年了!

先帝知臣謹慎，
故臨崩寄臣以大事也。

受命以來，
夙 ❹ 夜憂歎，
恐付託不效，
以傷先帝之明；
故五月渡瀘 ❺，
深入不毛 ❻。
今南方已定，
兵 ❼ 甲已足，
當獎率三軍，
北定中原，
庶竭駑鈍 ❽，

攘除姦兇，
興復漢室，
還於舊都，
此臣之所以報先帝而忠陛下
之職分也。
至於斟酌損益、
進盡忠言，
則攸之、禕、允之任也。

先帝知道愚臣謹慎，
所以臨逝世交付愚臣以（輔助陛
下、興復漢室）這件大事啊，
自從接受（先帝的）遺命以來，
每天從早到夜都憂心歎息，
恐怕（先帝）所付託的事沒有成效，
這就損害了先帝知人的智慧了；
所以，在五月裏渡過瀘水，
深入到蠻荒地區。
現在南方已經平定，
軍事裝備已經充足，
就該鼓勵、帶領全國軍隊，
進兵北方，平定中原，
這樣也許可以竭盡（愚臣）微薄的
力量，
掃蕩驅除那些奸邪兇惡的敵人，
復興大漢王朝，
遷回到原來的首都，
這就是愚臣報答先帝而忠於陛下的
職責和本分了。
至於考慮得失，
毫無保留地貢獻誠實的意見，
這就是郭攸之、費禕、董允他們的
責任了。

① 卑鄙：漢世以來重門第，所以自謙卑微、粗鄙，此與後世「卑鄙」一詞之義不
　　同。

② 建安十三年（208 年），劉備被曹操大敗追擊於當陽長阪，派諸葛亮求助於孫
　　權，其後聯軍於赤壁以禦操。

③ 有：即「又」。此由三顧草廬起計。

④ 夙：早。

⑤ 瀘：長江上游金沙江。

⑥ 不毛：毛，草木，意指荒瘠之區。

⑦ 兵：武器。

⑧ 駑：劣馬。鈍：鈍刀，意指才能低下。

六

願陛下託臣以討賊興復之效，	希望陛下交付愚臣以征討奸賊，興復漢室的任務，
不效，	如果任務不能完成，
則治臣之罪，	就懲處愚臣的罪咎，
以告先帝之靈。	來稟告於先帝的靈前。
若無興德之言，	如果沒有提升（君主）美德的忠言，
則責攸之、禕、允等之慢，	就要追究郭攸之、費禕、董允等人的怠惰，
以彰其咎。	以公佈他們的過失。
陛下亦宜自謀，	陛下也最好自己考慮考慮，
以咨諏善道，	探詢治國的好辦法，
察納雅言，	了解並且接受忠正的勸諫，

深追先帝遺詔。　　　　　　　深入探求先帝遺囑的旨意，
臣不勝受恩感激！　　　　　　（這樣，）愚臣就受到陛下的深恩，
　　　　　　　　　　　　　　感激不盡了。

今當遠離，　　　　　　　　　現在快要遠離陛下了，
臨表涕泣，　　　　　　　　　（愚臣）對着這章表流淚，
不知所言。　　　　　　　　　不知説些甚麼了！

【賞析】

　　陸游說：「出師一表真名世，千載誰堪伯仲間。」（〈書憤〉）文天祥
說：「或為出師表，鬼神泣壯烈。」（〈正氣歌〉），諸葛亮之難與倫比，
除了智慧謀略之外，公忠體國、篤於道義，這是他受人景仰的原因，也就
是「文采不艷、而過於丁寧周至」的本文，傳誦千古的原因。

　　「文采不艷」，因為諸葛亮的器識才華，並不放於詞翰藻采，而且這也
不是一篇歌功頌德、空洞無物的一般章表；「丁寧周至」，因為劉備幸運地
「得相能開國」，而又無奈地「生兒不象賢」，闇弱的後主，加上疲弊的益
州，於是，謹慎的諸葛亮，在努力實現先主的遺志和自己的素志 —— 興
漢滅曹 —— 的時候，不得不加倍謹慎，懇切陳詞，以至「臨表涕泣」，希
望後主善能「自謀」，修明內政，以便放心北伐。〈出師表〉這篇名世之
作，就負載了諸葛亮「兩朝開濟」的老臣之心。

　　諸葛亮的忠誠與謹慎，使他篤於知己與故主之情，而又嚴守君臣的分
際，這是整篇〈出師表〉既君臣語、亦叔侄語；簡而不略、盡而不肆的風
格之所由生。對方是一國之君，語氣必須委婉，自己又是接受託孤的所謂
「顧命」大臣，態度也不必過於卑屈，話又不能不說得清楚。因此，全表

從首句以下，十三處稱道「先帝」——先帝是對方生命與權位之所從來，先帝也是自己和其他文臣武將感恩圖報的對象，在這裏，彼此有互愛互信的感情基礎。文章一開始，便震之以「形勢的險峻」，安之以「人心之可用」，然後分別以「廣開言路」、「公平執法」（並且提供了一些具體的人物）和「親賢遠佞」三大建議，作為最後所謂「自謀」，所謂「深追先帝遺詔」的具體途徑。「臣本布衣」一段，自述生平肝膽，情摯詞暢，親切忠誠，感人肺腑。周公攝政，尚且不免於管蔡之流言，而蜀漢並無類似的不安，這一點，劉禪在情在理在勢都不能不對諸葛亮全心信賴，固然是原因，而諸葛亮光風霽月的用心，昭彰在目的事實，也更是原因，這些，都躍然於〈出師表〉的文字之上了。

歸去來辭

陶淵明

【作者】

　　陶淵明（生於 365〔？〕或 372〔？〕或 376〔？〕年，卒於 427
年），一名潛，字元亮，潯陽柴桑（今江西九江）人。曾作〈五柳先生傳〉
以自況。少有壯志，博學能文，可惜生逢戰爭頻密、門第森嚴、政治黑暗
的亂世，無所施展。曾為祭酒、參軍等小官，四十一歲時，為彭澤縣令，
僅八十一日，即以「不能為五斗米折腰、事鄉里小兒」而辭官歸隱，躬耕
自養，晚歲貧病而卒，私諡「靖節」先生。歸隱之後，所作詩文恬靜閒
適，真摯質樸，被稱為「古今隱逸詩人之宗」，對後世山水田園文學有很
大影響。

【題解】

　　本篇又名〈歸去來兮辭〉。「辭」，就是抒情小賦，一首散文詩；「歸去來」，一說就是離官歸去，來到故鄉。一說「來」也是語助詞。作者自序說：自己家貧，兒女眾多，耕種不能生活，於是一度出任地方將領的參軍，後來因為怕戰亂未平，離家太遠，所以就近做了彭澤縣令，很快便覺得非常不遂意，飢凍雖然難受，矯揉造作甚至違背良知，以應付所謂公事，就更加痛苦。本來打算幹夠一年就辭官，剛好嫁到程家的妹妹去世，心急去奔喪，於是毅然辭職，並且隨手寫成這首短賦，以想像的手法，記述回鄉路上的心情，回家以後的景況和皈依自然的決定。當時是東晉安帝義熙元年，歲次乙巳（405 年）十一月。

【譯注】

一

歸去來兮！	歸去吧！
田園將蕪，	（故鄉的）田園快要荒蕪了，
胡不歸？	為甚麼還不回歸？
既自以心為形役，	既然自己把心靈當作了形體的僕役，
奚惆悵而獨悲？	又何必滿懷惆悵、獨自傷悲？
悟已往之不諫，	（我現在）覺悟的是：過去的，已經不能勸止；
知來者之可追，	知道的是：未來的，還可以補追。

實迷途其未遠，

覺今是而昨非。

舟搖搖以輕颺，

風飄飄而吹衣；
問征夫以前路，

恨晨光之熹微。

路，確是走錯了，好在走了還沒多遠；

覺悟了！——現在的決定是「是」，昨天是「非」！

（於是就走上歸途了。）船搖搖晃晃地輕快前進，

風飄飄地吹拂着身上的衣；

問問路上的行人，看前面的路怎樣走，

（想天快點亮，可以走快一點；）只恨早晨的光線，還是這樣暗淡熹微。

二

乃瞻衡宇 ❶，

載 ❷ 欣載奔。
僮僕歡迎，
稚子候門。
三徑 ❸ 就荒，
松菊猶存。
攜幼入室，
有酒盈樽。
引壺觴以自酌，

看到了！看到了！這不就是自己的家宅嗎？

於是一面滿心歡喜，一面繼續前奔。

僕人出來歡迎，

小孩子等候在家門。

庭園的幾條小路快要荒廢了，

（可幸）松樹、菊花仍在生存。

攜着孩子走進屋裏，

酒有滿滿的一樽。

（我）拿起酒壺酒杯，自斟自酌，

眄庭柯以怡顏；	悠閒地看看庭院裏的樹木，是多麼地愜意開顏；
倚南窗以寄傲，	靠着向南的窗，（眺望着廣闊的天地，我）寄託了傲世的心，
審容膝之易安。	很清楚：（心境舒暢，）這僅可容膝的小屋也滿有平安。
園日涉以成趣，	每日到園子散散步，漸漸成了一種生活情趣，
門雖設而常關。	大門是有的，卻常常關閉。
策扶老❹以流憩，	柱着拐杖隨便走動和休息，
時矯首而遐觀。	不時抬起頭遠遠地眺觀。
雲無心以出岫，	（只看到：連）雲氣也會不經意地從有洞穴的山峰飄出，
鳥倦飛而知還。	（連）鳥兒（也是）飛倦了，便知道要從外邊歸還。
景翳翳以將入，	日光暗了，暗了，太陽快下山了，
撫孤松而盤桓。	（我）撫摸着那獨立而孤傲的松樹，不捨地盤桓。

❶ 衡宇：衡，橫木；宇，上下四方的空間；即簡陋的房屋。

❷ 載：語助詞，意即「於是……」。

❸ 三徑：漢蔣詡隱居，息交絕遊，只開三條小徑，與另外兩位隱士來往。

❹ 扶老：拐杖可以扶持老人，所以有此別稱。

三

歸去來兮！	歸去吧！
請息交以絕遊。	讓我謝絕了世俗交遊。
世與我而相違❶，	世俗與我竟是如此情意相違，
復駕言❷兮焉求！	再駕車出去啊，還有甚麼所求！
悅親戚之情話，	與親戚們的談心，使我喜悅，
樂琴書以消憂。	彈琴讀書的樂趣，消我煩憂！
農人告余以春及，	農人告訴我：春天到了，
將有事於西疇。	（大家）準備在西邊的田疇耕種。
或命巾車，	（我於是）或者叫了輛有帷幕的車，
或棹孤舟，	或者划了條小舟，
既窈窕以尋壑，	曲曲折折地尋找山澗，
亦崎嶇而經丘。	崎崎嶇嶇地經過山丘。
木欣欣以向榮，	（看到）樹木也滿有生趣地繁榮滋長，
泉涓涓而始流。	泉水也涓涓地恢復奔流。
羨萬物之得時，	羨慕的是：萬物都正得其時，
感吾生之行休！	感慨的是：自己的一生，快要罷休！

❶ 作者曾對兒子們說自己「性剛才拙，與物多忤」（〈與子儼等疏〉）。

❷ 言：語助詞。

四

已矣乎！	算了吧！
寓形宇內復幾時？	（人）寄託形軀在天地裏面，又有幾多時候呢？
曷不委心任去留？	為甚麼不放任自己的心意，隨他或去或留？
胡為乎遑遑欲何之？	為甚麼整天心神不定、又想到哪裏去呢？
富貴非吾願，	富貴不是我的志願，
帝鄉不可期。	神仙境界也不可以預期。（能夠做的、值得做的只是：）
懷良辰以孤往，	希望碰到天氣好的日子，一個人獨自去遊覽，
或植杖而耘耔 ❶；	或者把拐杖插在田地，自己動手除草、培籽。
登東皋以舒嘯，	（有時又）登上東邊的山崗，放聲長嘯，
臨清流而賦詩。	走到清澈的河邊，吟唱歌詩。
聊乘化以歸盡，	就這樣吧，隨着自然的變化，一步步歸向盡頭，
樂乎天命復奚疑！	樂於上天的一切安排吧，還有甚麼懷疑！

❶ 耘耔：除草，壅堆泥土以培養芽苗。

【賞析】

大文豪歐陽修說，晉代唯一稱得上「文章」的，只有〈歸去來辭〉一篇。這話雖然不免誇張，也可見本篇值得稱賞的程度。

真正值得稱賞的文章，必然感情厚實真摯，而出之以藝術的想像與描繪。本篇披露的，就是一個靈魂的自白。這個靈魂是痛苦的：因為他沾惹了與他本性全然不合的東西——政治。

政治本來就容易惡濁齷齪，魏晉南北朝那個時期尤其黑暗。「少無適俗韻，性本愛丘山」的陶潛，「心為形役」，於是「誤落塵網中」，於是「惆悵獨悲」。不過，他一旦由反省而醒覺了「仕途」即是「迷途」，就毅然決然，立即呼喚自己：「回去吧！」

「回去吧」就是本篇的主題，也是一開首的平地拔起。此後每四句一小節，由回去的決心、而歸途之愉快、而抵家之喜悅、而居室之閒適、而庭院之樂趣、而「矯首遐觀」，高瞻遠矚，見到無心的雲，也偶然出岫；倦飛的鳥，也知道歸還。「景翳翳以將入」是下文「吾生行休」的伏筆；「撫孤松而盤桓」，也與「世與我而相違」呼應，於是進入了第二大段。

次段開始，再一聲「歸去來兮」，於是息交絕遊的決心更顯他只願與親戚琴書相處，有時興來獨往，再一次響應田園山水的呼喚，重歸自然的懷抱。

是的，自然。人本來是萬物之一，本來就屬於自然。萬物得時，是自然；吾生行休，也是自然。於是一句「已矣乎」——一切委心任運，一切無待無求，於是轉入了最後一段。樂天安命，以有限的人生，融攝於無窮的宇宙，這便是道家，尤其是莊子的境界。

本篇語言流暢，音節和諧，辭句精煉而形貌生動，一切是將歸未歸時所想像的，一切也是真率誠懇的，真情與玄想，結合成一個閒適恬淡、樂天自在的境界，可與他的〈歸園田居〉等組詩並讀。

桃花源記

陶
‧淵
明

【作者】

見第 106 頁。

【題解】

　　亂世的人民是特別痛苦的：多的是戰爭，多的是壓迫與剝削。於是，人就會逃避，就會幻想。思想家會提出《老子》所謂「小國寡民」的理論，文學家會描繪幻想中的理想世界；其他人就只會流亡、逃命；逃到不易發現的深山窮谷，開墾以自養，築塢以自保。這類現實的例子，支持於哲人的理念，加上藝術的想像和渲染，就產生了〈桃花源記〉這類作品。

〈桃花源記〉是陶淵明晚年所作的〈桃花源詩〉的序文，以記述一件真事的語氣，假借一個漁人無意中發現避秦者聚居的世外桃源的奇遇，刻劃漢末大亂以來，像作者這類悲天憫人而又善感多才的文士所渴望的理想社會──簡樸、飽足、友善、和平、人人都安居樂業，一切都如此美好。

【譯注】

一

晉太元中，	晉朝太元年間，
武陵人捕魚為業。	有個武陵縣人，以捕魚為職業。
緣溪行，	（一天，他）沿着溪水前行，
忘路之遠近。	（一路划船，竟）忘了路程的遠近。
忽逢桃花林，	忽然碰到一個桃花樹林，
夾岸數百步，	夾着溪水兩旁，有幾百步寬深，
中無雜樹，	中間沒有其他樹木，
芳草鮮美，	散發着香氣的綠草又新鮮，又好看，
落英繽紛，	（映襯着）落下來的桃花瓣，色彩繽紛。
漁人甚異之。	那漁人覺得十分奇異。

二

復前行，	他就繼續向前航行，

欲窮其林。	打算要走完那個桃花樹林。
林盡水源，	樹林走盡了，就是溪水的源頭，
便得一山。	於是看到一座山。
山有小口，	那山有小小的洞口，
髣髴若有光，	好像有點亮光，
便舍船，	（他）便離開了船，
從口入。	從那小洞口走進去。
初極狹，	剛進去時，那洞極狹窄，
纔通人；	僅僅可以通過一個人；
復行數十步，	又走了幾十步，
豁然開朗。	就突然開闊明亮起來。
土地平曠，	（一看，只見裏面）土地平坦寬闊，
屋舍儼然，	房屋整齊高大，
有良田、美池、桑、竹之屬。	（周圍）有肥沃的田、美好的池塘、桑樹、竹林之類。
阡陌交通，	田間的小路交錯相通，
雞犬相聞。	雞啼狗叫，彼此都可以聽到。
其中往來種作，	這裏面往往來來、耕種、工作的人，
男女衣着，	男男女女，所穿的衣服，
悉如外人；	完全和外邊的人一樣，
黃髮、垂髫 ❶，	老人、小孩，
並怡然自樂。	都安詳舒適地，顯得很快樂。

❶ 黃髮：枯黃的頭髮（指老人）。垂髫：額前垂下的短髮（指小孩）。

三

見漁人，	（他們）見到那漁人，
乃大驚，	就十分驚奇，
問所從來。	問他從甚麼地方來的。
具答之。	（漁人）都告訴了他們。
便要❶還家，	（他們）便邀請漁人到家裏，
設酒、殺雞、作食。	備了酒、宰了雞、做了飯菜招待他。
村中聞有此人，	村子裏聽説有這個客人，
咸來問訊。	（便）都來探問消息。
自云：	（他們）自己説：
先世避秦時亂，	祖先躲避秦朝時候的戰亂，
率妻子、邑人。	帶了妻兒和同鄉的人，
來此絕境，	到了這個和外界隔絕的地方，
不復出焉；	不再出去了，
遂與外人間隔。	就此和外邊的人斷了來往。
問：「今是何世？」	（他們）問起：「現在是甚麼時代了？」
乃不知有漢，	（原來）竟然不知道有「漢朝」，
無論魏、晉！	更不要説「魏朝」、「晉代」了！
此人一一為具言，	那漁人一一把自己所知道的告訴他們，
所聞皆歎惋。	（他們對）所聽到的，都嗟歎、惋惜。
餘人各復延至其家，	其他的人，也都各自邀請他到家裏，

皆出酒食。

拿出酒食招待。

停數日，

停留了幾天，

辭去。

他告辭出去。

此中人語云：

這個村裏的人叮囑他說：

「不足為外人道也。」

「（這裏的情形）犯不着對外邊的人說呀。」

❶ 要：即「邀」。

四

既出，

（他）出了山洞，

得其船，

找到了自己的船，

便扶向❶路，

便掉轉船頭沿着舊路，

處處誌之。

一處一處都做了標記。

及郡下，

到了郡城，

詣太守，

就去見太守，

說如此。

向他報告一切情況。

太守即遣人隨其往，

太守立即派人隨他再去，

尋向所誌，

尋找以前作下標記的地方，

遂迷不復得路。

就終於迷失了方向，不再找到從前那途徑了。

❶ 扶：以手推助。向：以前的。

五

南陽劉子驥，	南陽的劉子驥，
高尚士也；	是個高尚的人物，
聞之，	聽聞這件事，
欣然規❶往，	興沖沖地計劃去（尋找），
未果；	還沒有成事，
尋❷病終。	不久就病死了。
後遂無問津者。	以後就再沒有探問那條通道的人了。

❶ 規：計劃。

❷ 尋：不久。

【賞析】

西方有《理想國》，有《烏托邦》，有《格列佛遊記》，有《愛麗斯漫遊仙境》，中國有〈桃花源記〉。

〈桃花源記〉，美化了漢末以來各處窮鄉僻壤的塢堡莊園，具體化了《道德經》八十章裏，老子的社會理念，滿足了「八表同昏」—— 每一個角落都如此黑暗 —— 的世代，逃避暴政者的夢想，更是作者另一篇自況文章 ——〈五柳先生傳〉—— 裏面，「無懷氏之民」、「葛天氏之民」生活的描述。

作者的描述手法是這樣的簡樸而洗練，自然而親切。作為貫串全文主線的那個漁人，有年代、有籍貫，最後那位高尚人士，不必實有其事，卻也真有其人；讓人看來似乎是傳記、是歷史，而其實是寓言、是小說。

本篇的手法是如幻如真，本篇的敘述是有層有次 ── 首先，是漁人非常偶然地發現幽深奧秘的桃源；然後是進入桃源，看到了其中和平、自由、豐裕的生活；然後是桃源中人熱情的招待，並且從對話之中表現了置身於改朝換代種種紛亂以外的幸福。最後兩段，無論是漁人不依桃源中人的吩咐，企圖加以俗世的干擾，抑或是高尚隱士的探問，都「不復得路」，以後也再無「問津者」──這是暗示所謂「桃源」，並非現實存在呢？抑或即使曾經有桃源，也被俗人所干擾而消聲匿迹呢？這就留待許許多多後世的文人，去賡和陶潛的詩文，去自由的猜想了。

世說新語（四則）

劉義慶

【作者】

劉義慶（403 至 444 年），彭城（今江蘇徐州）人。劉宋的宗室，襲封臨川王，恬淡好文學。

【題解】

《世說新語》是後世筆記小說之祖。記錄漢末至東晉間士大夫社會的雜事雋語，以「孔門四科」之「德行」、「言語」、「政事」、「文學」為首，共分三十六門，每門數則至數十則，每則十數字至百餘字，而當年朝野風習、人物風采，都躍然紙上，而名言妙語，尤其益人神智。許多也成了日

後的成語。

　　此書後來有劉孝標注，補充事實與解釋，引書四百多種，多為後世所不復見，價值甚大。

　　以下各則題目，並非原書所有。

【譯注】

言教與身教（〈德行第一〉）

謝公 ❶ 夫人教兒。	謝安太太在教訓兒子。
問太傅：	她問謝安說：
「那得初不見君教兒？」	「為甚麼總看不見你教教兒子？」
答曰：	謝安（悠閒地）答道：
「我常自教兒。」	「我（已經）常常自己教訓兒子。」

❶　謝公：謝安（320 至 385 年），東晉名臣，淝水之戰大勝苻堅，就是他領導之功。卒，贈封太傅。

詠絮才高（〈言語第二〉）

謝太傅寒雪日內集，	謝安在寒天落雪的日子和家人在一起，
與兒女講論文義。	與兒女們談起文藝來。
俄而雪驟。	一會兒，雪落得緊了。

公欣然曰：

「白雪紛紛何所似？」

兄子胡兒曰：

「撒鹽空中差可擬❶。」

兄女❷曰：

「未若柳絮因風起❸。」

公大笑樂。

——即公大兄無弈女，

左將軍王凝之❹妻也。

謝安高興地出了句詩：

「白雪紛紛何所似？」

他哥哥的兒子胡兒答道：

「撒鹽空中差可擬。」

哥哥的女兒說：

「未若柳絮因風起。」

謝安大笑，非常快樂。

（她）是謝安長兄無弈的女兒，

左將軍王凝之的妻子。

❶ 在空中撒鹽，白飄飄地落下，可以勉強相比擬。

❷ 她名叫謝道韞。

❸ 不似得柳絮因風而起，輕飄飄、軟綿綿，又自然，又更像紛紛的白雪。以上三句都是七字，而且協韻，所以不作語譯，以免失真。

❹ 王羲之的兒子。

新亭對泣（〈言語第二〉）

過江❶諸人，

每至美日，

輒相邀新亭❷。

藉卉飲宴。

周侯❸中坐而歎曰：

「風景不殊，

正自有山河之異！」

渡江南來的那些人，

每逢天氣好的日子，

往往互相邀約到新亭。

坐在草地上飲宴。

周顗在席中歎起氣來，說：

「風景沒有甚麼不同，

但山河確實是相異了！」

皆相視流淚。　　　　　　　　（這句話觸動了大家的故國情懷，
　　　　　　　　　　　　　　　於是）都互相看着，流起淚來了。

唯王丞相 ❹ 愀然變色，　　　　唯獨王丞相變了面色，帶着悲憤，
曰：　　　　　　　　　　　　　說：
「當共戮力王室，　　　　　　　「（我們）正應當盡力效忠王室，
光復神州 ❺，　　　　　　　　　光復中原失地，
何至作楚囚 ❻ 相對！」　　　　　何必像楚囚一般，（無助無奈地）
　　　　　　　　　　　　　　　相對哭泣呢！」

❶　過江：西晉末，五胡亂華，元帝據江南，都於建業，中原人士亦相率南遷。

❷　新亭：三國時吳所築，故址在今南京南。

❸　周侯：周顗，字伯仁，曾任刺史，所以美稱為「侯」。

❹　王丞相：王導，晉元帝命為丞相，很有功績。

❺　神州：戰國時，陰陽家騶衍有「九州」之說，稱中國為「赤縣神州」，後來變
　　成中原甚至整個中國的代名詞。

❻　楚囚：春秋時，楚國伶人鍾儀，在戰爭中被鄭所捕而獻於晉，用晉侯所給的
　　琴，演奏故鄉楚地的音樂。

周處除三害（〈自新第十五〉）

周處 ❶ 年少時，　　　　　　　周處年青的時候，
兇強俠 ❷ 氣，　　　　　　　　兇狠而霸道，
為鄉里所患。　　　　　　　　　是地方上的頭痛人物。
又義興水中有蛟 ❸，　　　　　　另外，義興水中有蛟龍，
山中有邅迹虎 ❹，　　　　　　　山中有腳印歪斜的老虎，

並皆暴犯百姓，	都侵害老百姓，
義興人謂之「三橫❺」，	（當地）義興人（把他與蛟、虎）合稱為「三害」，
而處尤劇❻。	其中周處被認為尤其可怕。
或説處殺虎斬蛟，	有人鼓動周處殺老虎、斬蛟龍，
實冀三橫唯餘其一。	其實是希望這三害互相殘殺，最後只剩一個。
處即刺殺虎，	周處（不知是計），就上山殺了老虎，
又入水擊蛟。	又進入水中攻擊蛟龍。
蛟或浮或沒，	那蛟龍浮浮沉沉的，
行數十里，	游走了幾十里，
處與之俱。	周處一路和牠纏鬥。
經三日三夜，	經過三日三夜，
鄉里皆謂已死，	地方上的人都以為周處一定死了，
更相慶。	互相慶祝。
竟殺蛟而出，	（他們想不到周處）竟然最後從水裏殺了蛟龍出來，
聞里人相慶，	（周處自己也想不到出來之後）聽聞的（不是歌頌自己威猛偉大，而）是人家（誤以為自己已死而）互相慶祝，
始知為人情所患，	才恍然大悟自己是如何可憎，
有自改意。	於是有自己改過的意思。
乃自吳尋二陸❼。	於是到吳郡拜訪最有名的文士陸機、陸雲。

平原不在，	陸機不在，
正見清河。	見到陸雲。
具以情❽告，	就詳詳細細地向他告訴自己的事。
並云：	並且說：
「欲自修改，	「很想自己改過、學習、修養，
而年已蹉跎，	但是年紀不小了，
終無所成。」	恐怕到頭來沒有甚麼成就。」
清河曰：	陸雲說：
「古人貴朝聞夕死❾，	「古人貴於所謂『朝聞夕死』，
	（意思是，能夠在逝世以前學到真理，也死而無憾；）
況君前途尚可。	何況你現在還不算老，前途是還有可為的。
且人患志之不立，	還有：一個人只怕他不立志做好，
又何憂令名不彰耶？」	又何必擔心美好的名譽不彰顯呢？」
處遂改勵，	周處於是改過，不斷勉勵自己，
終為忠臣孝子。	最後就成了忠臣孝子。

❶ 周處，字子隱，義興（今江蘇宜興）人，父鯀為吳將。周處後來仕晉為御史中丞，富正義感。氐人齊萬年反，他受命作戰，斬首萬計，最後弦絕矢盡，不肯退，戰死。

❷ 俠：這裏作「以力挾人」解，或作「使」字。

❸ 蛟：古人解為「能發洪水的龍」，應該是鱷魚之類。

❹ 遺迹：歪歪斜斜的足迹，一作「白額」。

❺ 橫：兇橫、禍害。《晉書》作「害」字。

❻ 劇：甚。大抵因為不上山、不下水，也避不過周處。

❼ 二陸：陸機（士衡）、陸雲（士龍），父抗為吳大將，兄弟並有文名。入晉後，機仕為平原內史，雲則清河內史，下文各以官職稱二人。

❽ 情：真確的事實、感受等等。

❾ 朝聞夕死：《論語・里仁》篇，孔子說：「朝聞道，夕死可矣。」早上能聽到聖賢之道，晚上死亡，也可算不枉此生了。

【賞析】

這是一些古代的「小小說」、「極短篇」。

謝公夫人教兒，或者諄諄善誘，或者聲色俱厲，其實效果總不及自己以身作則，讓下一代朝聞暮見，耳濡目染。所以，耳提面命的「言教」固然不可廢，但是，正如孟子所謂：「夫子教我以正，夫子未出於正也。」孩子還未成熟到懂得體諒人性軟弱，就會懷疑，甚至反叛，所以，「身教」是最要緊的。身為上一代，也可以藉此策勵自己。── 這個寶貴的人生信息，原文只用了廿四個字而已。

小型的「文藝沙龍」在謝安家中也有。家中的甚麼氣氛，上一代的啟發、誘導，都是重要的形成因素。女孩子心靈口敏，只要有適當的教育，即使在古代，也常常超軼男子。要比喻「白雪紛紛」，「撒鹽空中」不是不像，但論自然，論情致，論優雅，「柳絮風起」就好太多了。人的氣質、心思，就在這些談吐上顯現出來。

「新亭對泣」是有名的故事。國破家亡，自然極為可傷；不過，「相視流淚」是無濟於事的，化悲憤為行動，才是應有之舉。「志士」與單純「文士」甚至「名士」，分別就在這裏。

「除三害」更是中國文化之中寶貴的教材之一。年少氣盛，爭勝好強，原是人間常見，能懂得所謂「勝人者有力，自勝者強」，而且真的去策勵自己、成就自己，那就是真正的強者了 —— 因為你能夠戰勝人家都戰不勝的「自己」。—— 當然，作為一位沒有辜負青年人向他求教的前輩，陸雲以溫藹的話語傳達人生的智慧，也是非常可敬的。

答謝中書書

陶
弘
景

【作者】

陶弘景（452 至 536 年），字通明，秣陵（即今南京）人，南朝道教思想家，學識淵博。南齊時，為諸王侍讀，後隱於句曲山（茅山）。助蕭衍建梁朝，禮聘不出，有事咨詢，號「山中宰相」。喜山水，工書法、醫藥、曆算之學。

【題解】

謝徵（或作「微」），仕梁為中書鴻臚，所以被稱為「謝中書」。本文是原信的一部分，描寫的可能是陶弘景隱居之地的景色。

【譯注】

山川之美，	山明水秀的那種自然之美，
古來共談。	是古往今來的話題。
高峰入雲，	高高的峰進入了雲層，
清流見底。	清清的流水見到了河底。
兩岸石壁，	兩岸的石壁，
五色交輝。	繽紛的顏色互相輝映。
青林翠竹，	青綠的樹林，碧翠的竹子
四時俱備。	一年四季都並不缺少。
曉霧將歇，	早上的霧將要消散，
猿鳥亂鳴；	猿猴、禽鳥錯雜地啼叫；
夕日欲頹，	黃昏的太陽想要西沉，
沉鱗競躍。	水裏的魚兒（鱗片映着斜暉），紛紛躍起。
實是欲界 ❶ 之仙都，	（這）實在是人世間的神仙境界，
康樂 ❷ 以來，	從謝靈運以來，
未復有能與 ❸ 其奇者。	就再也沒有能夠與大自然合一地欣賞這種奇妙的景色了。

❶ 欲界：佛家「三界」之說，「色界」（有形體）、「無色界」（無形體）之外，以有情慾的眾生的所居之處為「欲界」。

❷ 康樂：晉謝靈運襲封康樂公，善山水詩。

❸ 與：參與，音「預」。

【賞析】

　　這是一個絕頂聰慧的人所作的一篇絕佳六朝文字。

　　六朝是駢文的時代，本文卻以精煉的四字散句為主，而綴以極精巧而又極自然的駢句，用純粹白描 —— 不用典、不刻意講究聲律、不勉強對偶 —— 刻劃了山川勝景，「曉霧將歇」十六個字，複句作對，更是跌宕空靈，如詩似畫。最後一個「與」字，不是膚泛的「見」、「賞」、「詠」，而是千錘百鍊的「與」字，尤其不可移易，本來是「風月佳賓、湖山賢主」的人，到此與山水自然，已經不分主客，冥合為一了。

與宋元思書

吳
均

【作者】

　　吳均（469 至 520 年），字叔庠，梁吳興故鄣（在今浙江）人，通史學，工於寫景，善為短篇書札，時人稱為「吳均體」。

【題解】

　　宋元思，或作「朱元思」。在這封寫給朋友的信中，吳均描繪了秋日泛舟富春江下游由富陽到桐廬一段的秀麗景色，是六朝山水文學、書啟小品、駢偶藝術等等的代表作。

　　富春江是今日浙江省的著名風景區，富陽東北廿多公里就是杭州和錢塘江了。

【譯注】

風煙俱淨，	風是清清的，煙雲也是清清的，
天山共色；	遼廓的天，淡遠的山，望過去是同樣的顏色。
從流漂蕩，	隨着江流，（我們的小舟）漂着，蕩着，
任意東西。	管它到東，或者到西。
從富陽至桐廬，	從富陽到桐廬，
一百許里，	一百多里，
奇山異水，	奇麗的山，秀異的水，
天下獨絕。	沒有甚麼地方可以比擬。
水皆縹碧，	水都是絲帛般澄明的青蒼，
千丈見底；	可以看到極深極深的水底；
游魚細石，	在那中間游動的魚，河床上的細石，
直視無礙。	直望得通通透透。
急湍甚箭，	到江水急流，又快得甚於飛箭，
猛浪若奔。	洶湧的浪，像駿馬奔騰。
夾岸高山，	夾着江水兩岸的一座座高山，
皆生寒樹，	都生長了耐冬常綠的樹；
負勢競上，	帶着地勢，競往上衝，
互相軒邈 ❶，	高高地、遠遠地，彼此相對，
爭高直指，	互爭高下，而又紛紛指向青天的，
千百成峰。	是千千百百座山峰。
泉水激石，	泉水激蕩着石頭，

冷冷作響；	發出清亮圓潤的聲響；
好鳥相鳴，	好看的鳥兒互相啼喚，
嚶嚶成韻。	歌唱出動聽的音樂。
蟬則千轉不窮，	（還有那）鳴囀不已的蟬，
猿則百叫無絕。	啼叫不息的猿猴。
鳶飛戾天者❷，	像猛鷙的鳶鷹般要青雲直上的人，
望峰息心；	望着一峰高似一峰，會止息了不斷奮進的心；
經綸世務者，	為世俗的事務忙着組織、籌謀的人，
窺谷忘返。	看到別有洞天的山谷，會忘記了返回日常的世界。
橫柯上蔽，	粗大縱橫的樹枝遮蔽了上空，
在晝猶昏，	白天，卻仍然昏暗，
疏條交映，	不過，在疏落的小枝交錯掩映的罅隙之中，
有時見日。	日光，有時也會見到幾線。

❶ 軒：高。邈：遠。

❷ 鳶飛戾天：句出於《詩經‧大雅‧早麓》。戾：至。

【賞析】

當初的完整形式已經不存。不見了常有的浮詞套語。這似乎不是一封「書信」—— 是的。與其說這一百四十多字的短文是書信，不如說它是尺幅千里的山水圖卷。

圖卷一開始，便是一對自然渾成的偶句：遼闊的清秋，籠罩了山河大地，也概括了以下整篇的藝術品──總的來說，就是「奇山異水，天下獨絕」。

　　第二段寫「異水」。水，基本是動的，特別是江水。但富春江的水，靜的時候極其空明（後來柳宗元筆下小石潭中的魚，「皆若空游無所依」，就與此同趣）；急動起來，卻又如飛箭、如奔馬──另一個精煉、生動的對句。

　　「水異」由於地異，所以「山奇」。於是進入第三段。山，原本是靜定、堅定的，但在藝術家的眼中，也可以是動的──看：群山因着各自高、下、陡、緩的地勢，爭着指向天空，而又互相自得地傲然相對。默默的群山腳下，作者的耳邊，是水聲、鳥聲、蟬聲、猿聲的交響，從交響中愈發顯得其間的寧靜──靜得讓人發現和欣賞原文一連串巧妙的單句或者複句偶對，以繪影繪聲。在音和景麗的「奇山異水」中，一切熱中塵俗者，都會「息心」、「忘返」。文章到此，就隨着最後的點染幾筆，隨着林蔭的蔽日而漸漸收結。

　　本文以四言為主，間中六言，並且有散句、虛字穿插其間，使轉折靈活，疏宕文氣。全篇鑄字精煉、流暢自然，在采溢於情、競尚縟麗的當時，確是《梁書》本傳所謂「清拔有古氣」了。

春夜宴桃李園序

李白

【作者】

　　李白（701至762年），字太白，號青蓮居士，出生於西域，少長於四川。唐玄宗天寶初，在翰林院為文學之臣，遭讒去京，漫遊南北。安史亂起，為永王璘幕僚，因璘與肅宗爭權失敗，李白被牽連而流放夜郎，中途遇赦。晚年飄泊江南，病死。才情橫溢，性格豪放，想像超奇，尤善於歌行七古，後世尊為「詩仙」。

【題解】

　　古人宴飲賦詩，多推一人寫成序文，以述聚會酬唱的緣起。作為李白

傳世散文之一的本篇，就是這樣的作品，敘述一個春天的月夜，他與一班堂弟宴飲賦詩於桃李園的感想與樂趣。

【譯注】

夫天地者，	天地啊，
萬物之逆旅 ❶，	是萬物的旅店，
光陰者，	（有限的）光陰啊，
百代之過客。	是（無窮的）永恆時間的過路客人。
而浮生若夢，	而且，浮泛的人生，好像夢境一般，
為歡幾何？	其中能有幾多歡欣快樂？
古人秉燭夜遊，	古人（嫌白天不夠，要）拿着蠟燭在夜裏遊玩，
良有以也。	確實是有道理啊。
況陽春召我以煙景，	況且溫煦的春天，召喚我們以霧靄迷離的美景，
大塊假我以文章 ❷，	天地自然，又借給我們以錦繡河山，
會桃李之芳園，	（我們於是趁着這個良辰美景，）聚會於（這個）美麗的桃李花園，
序天倫之樂事。	談談家人兄弟之間快樂的事，
群季俊秀，	各位弟弟才華出眾，
皆為惠連 ❸，	都是（以前的）謝惠連，
吾人詠歌，	（可是）我寫作詩歌，
獨慚康樂 ❹。	就比謝康樂有愧色了。

幽賞未已，	（大家以）幽雅的情趣欣賞美景還沒有完，
高談轉清，	闊論高談又轉向清新的話題，
開瓊筵以坐花，	（大家）鋪開美好的筵席，坐在花間，
飛羽觴而醉月。	舉送着雀鳥形的酒觴，醉倒月下。
不有佳作，	如果沒有好的作品，
何申雅懷？	怎能抒發高雅的情懷呢？（好吧，讓我們立約：）
如詩不成，	如果作詩不成，
罰依金谷酒數 ❺。	就照金谷園的舊例：罰酒三杯！

❶ 逆旅：逆，即「迎」。旅：旅客。

❷ 文章：天地間一切有條理有美感的事物 —— 如翁森〈讀書樂〉詩：「落花水面皆文章」。

❸ 惠連：謝惠連，南朝劉宋作家，年少聰慧，為族兄靈運所愛重，世稱大小謝。

❹ 康樂：劉宋一代最傑出的作家謝靈運，封康樂公。

❺ 金谷：晉石崇有金谷園，宴飲賦詩，不成者罰飲酒三杯。

【賞析】

這是一篇駢文。上乘的駢文，對偶自然而不牽強，用典貼切而不堆砌，聲律諧和而不拘束 —— 一切看作者的情思、才力，是否足以驅遣。

本篇的作者當然能夠驅遣。他並且在本來已經乾淨利落、絕不凝滯的偶句之間，調節以一些散行句子、一些虛字，於是文章流轉更加靈活，一

氣呵成一百一十七個「咳唾落九天、隨風生珠玉」的文字，寫就一篇瀟灑才人的瀟灑短章。

　　文章一起便從生命的短暫下筆 —— 不要立即便疵議作者「虛無」、「頹廢」：開首幾句，沒有人可以否認它是事實，況且，面對人生、欣賞自然、珍惜天倫、重視藝術……一切一切，何嘗不是積極？人生難得，良辰美景難得，賞心樂事難得，天倫之愛、賦詠之才，都是難得，所以，大家來珍惜、大家來吟詩、大家來約定 —— 文章在此就戛然而止，留給天下後世的，是無窮的韻味。

雜說（二篇）

韓
愈

【作者】

　　韓愈（768 至 824 年），字退之，唐河陽（今河南孟縣）人。以郡望（姓氏與最有名氣的相關地區的關係）而世稱「韓昌黎」。幼失父母，由長兄嫂撫育成人。自少經歷中原的內憂外患，所以勤奮好學，奠定振興儒教以匡世濟民的志向和能力。

　　經過幾次失敗然後才中了進士的青年韓愈，應試吏部又失敗了三次。做過短時期的節度使幕僚，又在國子監當過教授，然後當上了監察御史。因為直言，被貶陽山（今廣東連縣），沉潛著述，寫成〈原道〉等幾篇重要論文。跟着又做了三年國子博士，著名的〈進學解〉—— 一篇散體而兼有駢、韻兩體之長，足以見韓愈生平志節、為學為文主張的傑作 —— 就是這段苦悶時期的作品，後來改任一些中央官職，最高升到刑部侍郎。又

因為諫迎佛骨幾乎被憲宗所殺，貶往潮州、袁州，在地方上興利除弊。穆宗繼位，召他回長安，任國子祭酒（主持國家最高學府），又轉任兵部侍郎，曾親入亂軍之中，調停兵亂。兩年後病卒。後世以他的謚號稱之為「韓文公」。門人編集他的文章行世。

　　韓愈一生為振興以儒學為骨幹的中華文化，以內拒佛、老，外抗夷狄，所以不避非笑，反對浮華之風，力倡三代兩漢的文體 —— 稱為「古文」。因為他明確的理論和超卓的示範實踐，又有同時好友柳宗元等的響應，古文運動漸成風氣，到北宋就完全成功，後世尊之為「唐宋八大家」之首。

【題解】

　　「雜說」是文藝性較強的短篇論說文，不拘一格，類似現代的隨筆、雜感，以至報刊上的專欄雜文。原來共有四篇，這裏選錄其二，都是託物喻意之作。

【譯注】

第一篇

一

龍噓氣成雲，　　　　　　　　龍噓出氣就變成雲，

雲固弗靈於龍也。 ｜ 雲的靈異，並不勝於龍啊。

然龍乘是氣， ｜ 可是，龍乘着這雲氣，

茫洋窮乎玄間 ❶， ｜ （就可以）無邊無際地遨遊於太空，

薄 ❷ 日月， ｜ 迫近太陽月亮，

伏光景， ｜ 遮蔽了日月的光輝，

感震電， ｜ 感應而產生雷震、電擊，

神變化， ｜ 使種種變化神奇，

水下土， ｜ 使雨水潤澤下邊的土壤，

汩陵谷， ｜ 浸沒了丘陵、山谷，

雲亦靈怪矣哉！ ｜ 雲，也算是靈異奇妙了！

❶ 茫洋句：茫洋，遼闊無邊；窮，盡；玄間，青藍幽遠的空間。

❷ 薄：迫近，音「博」或「逼」，陰入聲。

二

雲， ｜ （不過，）雲，

龍之所能使為靈也； ｜ 是龍使它有神之靈異的，

若龍之靈， ｜ 至於龍本身的靈異，

則非雲之所能使為靈也。 ｜ 就不是雲所能夠使它靈異了。

然龍弗得雲， ｜ 但是，如果龍得不到雲（的輔助），

無以神其靈矣。 ｜ 就沒有辦法使它的靈異這樣神奇了。

——失其所憑依， ｜ —— 失去了它所憑依的（輔助者），

信不可歟。 ｜ 確實不可以吧。

異哉！	真奇怪啊！
其所憑依，	它所憑依的，
乃其所自為也。	竟然是它自己產生出來的呢。
《易》曰：	《易經》說：
「雲從龍」；	「雲從龍」；
既曰「龍」，	既然稱得上是「龍」，
雲從之矣。	就一定有雲跟從它了。

第四篇

一

世有伯樂❶，	世上，有伯樂，
然後有千里馬。	才有日行千里的馬。
千里馬常有，	（其實，）千里馬是常有的，
而伯樂不常有。	但是，（能認識千里馬的）伯樂， 卻並不常有。
故雖有名馬，	所以，雖然有了好的馬匹，
只辱於奴隸人之手，	卻只能糟蹋於普普通通的馬伕、僕 役等等之手，
駢❷死於槽櫪之間，	（最後就）與平凡駑劣的馬相挨相 並，老死於馬槽、馬棚之中，
不以千里稱也。	不能以「千里馬」見稱於世。

❶ 伯樂：孫陽，春秋秦穆公時人，善於觀察馬的形貌而定其品質高下。

❷ 駢：兩馬相並。

二

馬之千里者，　　　　　　　馬而能夠日行千里的，

一食或盡粟一石，　　　　　一頓有時要吃一石穀子。

食 ❶ 馬者，　　　　　　　（可是，）餵馬的人，

不知其能千里而食也。　　　不知道牠能夠日行千里而（不按千

　　　　　　　　　　　　　里馬的食量）給牠吃飽。

是馬也，　　　　　　　　　這樣的馬，

雖有千里之能，　　　　　　雖然有千里的能耐，

食不飽，　　　　　　　　　可是吃不飽，

力不足，　　　　　　　　　力量就不足夠，

才美不外見，　　　　　　　長處就顯不出來，

且欲與常馬等不可得，　　　甚至想和平常的馬一般，也不可能，

安求其能千里也？　　　　　那裏還可以要求牠日行千里呢？

❶　食：音義同「飼」。

三

——策之不以其道，　　　　——（那些養馬的人，不知道手下

　　　　　　　　　　　　　的是千里馬，因此，）駕馭又不得

　　　　　　　　　　　　　其法，

食之不能盡其才，　　　　　餵養，又沒有（足夠份量）讓牠充

　　　　　　　　　　　　　分發揮才能，

鳴之而不能通其意，　　　　（牠叫，）又不能通曉牠的意思，

執策而臨之曰：　　　　　　還拿了馬鞭，站在牠面前，說：

「天下無馬。」	「天下沒有（真配稱為馬的好）馬。」
嗚呼！	唉！
其真無馬邪 ❶？	是真的沒有（千里）馬嗎？
其真不知馬也！	他其實是不認識（千里）馬啊！

❶ 這句解為疑問句也可以；不過最後用「也」而不再用「邪」（同「耶」），以及上文語氣，應以直陳慨歎句為佳。

【賞析】

　　雜說一整篇是個比喻寄託。在古代，興雲作雨的龍，是君主的象徵，至高無上，是權力的根源、效忠的對象；而臣子就被比喻作雲，雲由龍噓氣而成，擁簇着、輔助着龍，以化澤下土。因此，君無臣不能治國，而臣之所以能為臣以「致君澤民」，完全是君恩的任命。君臣相得，謂之「雲從龍」，就是這個道理，而表達於韓愈這篇短小精煉，轉接靈活，而又文氣暢通的「極短篇」之中。

　　當然，到了今日，我們都已經明白：官吏應該接受民意監督，而不可以只向似乎是給他以俸祿權位的元首效忠；而不靈的龍，也就應該回下凡間，而不再高高在上。不過，「其所憑依，乃其所自為也」，對掌握最高權力的人，仍然是一個最好的教訓，明白這個教訓，好像崇禎之類末代帝皇，就不會到自縊之前，還以為「君非亡國之君、臣盡亡國之臣」了。

　　雜說四把「伯樂善相馬」的舊談，以簡練而雄辯的文字，推拓到一個更深刻、更高廣的境界 —— 就是展示一個管理學上的真理：人才，是不會真正缺乏的；問題在於在位掌權的人，有沒有知人之明、容人之量、用

人之能而已。「惜才」與「培才」是重要的用人之方，尊位重祿，是養士尊士的表示，而投閒置散、輕慢人才，就只會埋沒英賢，甚至使「助力」轉化而成「阻力」而已。楚漢之爭，始勝而終敗的項羽，就是一個最好的例子。

寫作這兩則短文時，韓愈自己在政治上是否失意，不那麼重要，重要的是文章所展示、所傳達的政治智慧。

伯夷頌

韓
愈

【作者】

見第 139 至 140 頁。

【題解】

被孟子稱為「聖之清者也」的伯夷與弟弟叔齊是殷商時孤竹君的兩個兒子。父親要以叔齊繼位，死後，叔齊讓伯夷，伯夷說要尊重父命，結果兩人先後逃去，歸附西伯姬昌，昌死，子發繼位為武王，興兵伐紂，伯夷叔齊諫阻不遂，在殷亡之後，兄弟恥食周粟，隱於首陽山，採薇而食，餓死。

司馬遷在《史記》把上述傳說置於〈列傳〉之首，並且道出「天道可疑」的感慨，又引孔子的話，認為人各有志，天道是否公平，不必深究；但最後還是慨歎，如果不是伯夷被孔子提過，也不會如此名傳後世了。

韓愈認為有志之士，「信道篤而自知明」，「力行而不惑」，不必介意世俗的毀譽，於是為文稱頌伯夷，發揮這個道理，並且作為自己的表白與勉勵。

【譯注】

一

士之特立獨行，	一個知識分子，奇特地自處，孤獨地行事，
適於義而已，	只因為符合自己認為適宜的原則而已，
不顧人之是非，	不會顧慮人家怎樣批評，
皆豪傑之士，	（能夠這樣，）都（因為他們）是豪傑之士，
信道篤而自知明者也。	確實地相信真理，而清楚地了解自己的啊。
一家非之，	被全家人反對，
力行而不惑者，	而仍然毫不疑惑，努力行事的人，
寡矣；	很少了；
至於一國一州非之，	至於被整個大小地區的人反對，

力行而不惑者，　　　　　　　還能夠努力行事而不疑惑的，
蓋天下一人而已矣。　　　　　就整個天下只有一個人罷了。
若至於舉世非之，　　　　　　如果全世界都反對他，
力行而不惑者，　　　　　　　依舊努力前行，一點也不疑惑的，
則千百年乃一人而已耳！　　　那就千百年來也只有一個人了！
若伯夷者，　　　　　　　　　好像伯夷他這個人啊，
窮天地亘萬世而不顧者也。　　就是可以把整個世界以至千秋萬世
　　　　　　　　　　　　　　的反對都置諸不顧的人了。

昭乎日月不足為明，　　　　　日月的輝耀，不足以比擬他的光明，
崒乎泰山不足為高，　　　　　泰山的嵯峨，不足以比擬他的崇
　　　　　　　　　　　　　　高，
巍乎天地不足為容也。　　　　天地的偉大，不足以比擬他的寬廣。

二

當殷之亡、周之興，　　　　　當在殷商滅亡、周朝興起那個關鍵
　　　　　　　　　　　　　　時刻，
微子賢也，　　　　　　　　　微子是賢人啊，
抱祭器而去之；　　　　　　　抱着祭祀的禮器離開殷商，
武王周公聖也，　　　　　　　武王、周公是聖人啊，
從天下之賢士與天下之諸侯　　由整個天下的賢能人才、整個天
而往攻之，　　　　　　　　　下的地方領袖跟從着，一起去攻
　　　　　　　　　　　　　　擊殷商，
未嘗聞有非之者也。　　　　　沒有聽到有誰反對這件事啊。
彼伯夷叔齊者，　　　　　　　他伯夷叔齊兩位，

乃獨以為不可。

卻單單獨獨認為這樣做不對。

殷既滅矣，

到殷商滅亡了，

天下宗周，

天下都以周為宗主，

彼二子乃獨恥食其粟，

他兩位單單獨獨以吃周朝的飯為恥，

餓死而不顧。

寧願餓死也不反悔。

由是而言，

從這樣看來，

夫豈有求而為哉？

他們難道有別的目的嗎？

信道篤而自知明也。

就是堅信真理、清楚自己的路向啊。

三

今世之所謂「士」者，

現在一般所謂「知識分子」嘛，

一凡人譽之，

一個普普通通的人稱讚他，

則自以為有餘；

就自驕自傲；

一凡人沮之，

一個普普通通的人阻撓他，

則自以為不足。

就自嗟自怨。

彼獨非聖人，

伯夷他算不上是聖人，

而自是如此。

而能夠這樣地堅信自己。

夫聖人乃萬世之標準也。

聖人乃是萬世的標準啊。

余故曰：

所以我說：

若伯夷者，

好像伯夷，

特立獨行，

奇特地自處，孤獨地行事，

窮天地亘萬世而不顧者也。

整個天地，千秋萬世的反對，他都可以置諸不顧的啊。

——雖然，

——當然，

微二子，
亂世賊子接迹於後世矣！

如果沒有了他們兩位，
藉口「投入群眾」的風派人物，以至
不顧綱常的壞人，就太多太多了！

【賞析】

　　伯夷是否日月不足以比其明、泰山不足以比其高、天地不足以比其偉
大？我們對本文這些誇張的話，當然可以大有保留，不過，「道德勇氣」
之值得表揚，卻是應該肯定的，問題只在看得明白 —— 自己為之而「特立
獨行」的「義」，是否真正的義。如果答案是「是」，那就當如孟子所謂：
「雖千萬人，吾往矣！」

　　韓愈一生的行事與文風，都是孟子一路的，擇善固執，光明俊偉，
有「障百川而東之，迴狂瀾於既倒」的氣概。他提倡古文，也是「時人始
而驚，中而笑且排」，他繼續堅持，「終則翕然隨以定」。觝排佛老也是如
此，所以下開北宋的理學和古文運動，得力所在，便是「信道篤而自知明」
這句在本文之中一再出現的警語。「舉世非之而不惑」，本文名為歌頌伯
夷，實則也是韓愈胸襟的自我表白。

答劉正夫書

韓
愈

【作者】

見第 139 至 140 頁。

【題解】

　　書信是最常用而重要的語文傳意形式，也是文學評論的體裁之一。韓愈力倡古文，熱心接引後學，每每在答覆時人請教的書信中，誠懇而中肯地表示自己的見解。而信的本身，也往往是一篇示範的藝術文章，本文就是著名的例子。

　　劉正夫是韓愈一位朋友的兒子。

【譯注】

一

愈白，	韓愈敬啟，
進士劉君足下：	進士劉先生：
辱牋，	多謝您的信，
教以所不及。	指教我許多我所不懂得的東西。
既荷厚賜，	既得到您豐厚的賞賜，
且愧其誠然。	而且確實為此而慚愧。
幸甚幸甚！	我實在太幸運了！
凡舉進士者，	凡是準備考取進士的人，
於先進之門，	對先進者的門，
何所不往❶？	有哪裏不去拜訪呢？
先進之於後輩，	先進人士對於後輩，
苟見其至，	如果見到他們來拜訪
寧可以不答其意耶？	又怎可以對人家一番好意，不加酬答呢？
來者則接之，	來訪的，都加以接待，
舉城士大夫莫不皆然，	全個長安城的士大夫都是這樣。
而愈不幸獨有接後輩名。	不過我韓愈就不幸有了「喜歡做青年導師」這樣的名聲。
名之所存，	名聲所在的地方，
謗之所歸也！	也就是譭謗所到的地方啊！

有來問者，　　　　　　　　　　（不管如何，）有來問及我的意見的，
不敢不以誠答。　　　　　　　　　我不敢不盡心地答覆。

❶ 當時習慣，應考士子多攜同平日佳作（謂之「行卷」）拜謁文壇前輩，請他們
指教、揄揚，以增加登第的機會。

二

或問：「古文宜何師？」　　　　　有人問：「寫作古文，向誰學習
　　　　　　　　　　　　　　　　好？」
必謹對曰：　　　　　　　　　　（我）一定恭敬地回答：
「宜師古聖賢人。」　　　　　　　「最好學習古代的聖賢人物。」
曰：　　　　　　　　　　　　　（對方追）問：
「古聖賢人所為書具存，　　　　「古聖賢人所寫的書都在這裏，
辭皆不同，　　　　　　　　　　但是文字都不一樣，
宜何師？」　　　　　　　　　　應當學哪一種好？」
必謹對曰：　　　　　　　　　　（我）一定恭敬地回答：
「師其意不師其辭。」　　　　　「學習他們的立意、運意，不必生
　　　　　　　　　　　　　　　　吞活剝他們的語言、辭句。」

又問曰：　　　　　　　　　　　（對方）又問：
「文宜易宜難？」　　　　　　　「文章寫得淺白易看好，還是艱深
　　　　　　　　　　　　　　　　難讀好？」

必謹對曰：　　　　　　　　　　（我）一定恭敬地回答：
「無難易，　　　　　　　　　　「沒有所謂難易，
唯其是爾。」　　　　　　　　　只要適當就好。」
如是而已。　　　　　　　　　　就是這樣罷了。

非固開其為此，	並不是一定要開導人家走某一條路，
而禁其為彼也。	而禁止他們走另外一條路啊。

三

夫百物朝夕所見者，	世上的東西，白天黑夜常常見到的，
人皆不注視也；	人們都不會留意看看，
及覩其異者，	如果看到與別不同的，
則共觀而言之。	就一同去觀看、談論了。
夫文豈異於是乎？	文章又和這種情形有甚麼不同呢？
漢朝人莫不能為文，	（譬如說，）漢朝人物都能寫作，
獨司馬相如、太史公、劉向、揚雄為之最。	但只有司馬相如、太史公、劉向、揚雄等幾位最傑出。
然則用功深者，	可見功夫用得深，
其收名也遠。	獲得的名譽也就流傳廣遠。
若皆與世浮沉，	如果都只是浮浮沉沉與俗世人一般，
不自樹立，	不能自己有所樹立，
雖不為當時所怪，	即使不被當時所詫異，
亦必無後世之傳也。	也一定不能流傳後世了。
足下家中萬物，	（又譬如說，）您府上種種東西，
皆艷而用也；	都靠着它而有某一些用處，
然其所珍愛者，	但是受到珍惜愛護的，
必非常物。	一定不是平常的東西。
夫君子之於文，	君子對於文章，

豈異於是乎？

今後進之為文，

能深探而力取之，以古聖賢
人為法者，

雖未必皆是，

要若有司馬相如、太史公、
劉向、揚雄 ❶ 之徒出，

必自於此，

不自於循常之徒也。

若聖人之道，

不用文則已，

用則必尚其能者，

──能者非他，

能自樹立不因循者是也。

有文字來，

誰不為文？

然其存於今者，

必其能者也。

顧常以此為說耳。

又和這樣有甚麼不同呢？

現在青年朋友寫作文章，

如果能夠深入地探討，努力地尋
求，以古代的聖賢人物為榜樣，

雖然未必都能有非常傑出的成就，

但是，如果有好像司馬相如、太史
公、劉向、揚雄般的人物出現，

那一定是由這樣而造就起來，

而不是從只知道遵循既定的框框條
條的人啊。

說到聖人的途徑，

不要文學便罷了，

如果要文學，就一定崇尚那些真正
「能者」，

── 所謂「能者」，沒有別的，

能夠自己有所樹立，不因循於常法
便是了。

自從有文字以來，

誰不寫文章呢？

但是，能夠存留到現在的，

一定是「能者」的作品啊。

以上便是我經常所講的了。

❶ 司馬相如：西漢辭賦家。太史公：即司馬遷，作《史記》，為歷代正史之祖，
亦古文典範。劉向：西漢末經學家。揚雄：西漢末辭賦家。

四

愈於足下，	我對您來説，
忝同道而先進者，	慚愧是同道而又先走了幾步的人，
又常從游於賢尊給事，	而且常常和您父親在一起，
既辱厚賜，	現在又承蒙您豐厚地餽贈，
又安得不進其所有以為答也？	又怎能夠不提出他的全部所知來作報答呢？
足下以為何如？	您以為怎樣呢？
愈白。	韓愈敬啟。

【賞析】

　　這封信首先感謝對方的來函和餽贈，對方誠懇的請問，既並不表示己之不凡，而己之作答，亦禮所宜然，不過自己師名所歸，妒忌譭謗亦隨之而至罷了。

　　牢騷略發即收，轉入第二段，三問三答，簡要地展示唐宋古文運動的理論重點：為文宜師古聖賢之意而非貌襲其辭，文唯其是，無所謂難易。這些主張，對當時，對後世，都是很有啟發意義的。

　　順勢轉入第三段，韓愈用極親切的比喻，闡發了文藝貴奇的主張，世間百物，家中百物，都必須珍奇，才吸引注意、值得珍愛，文章也貴乎有個性而「能自樹立」，有創新而「不因循」，才可以傳世。韓文的勝處，正如〈送窮文〉所說，是「不專一能，怪怪奇奇」，他的理論和實踐，「教人」與「自為」，是一貫的。所謂「文似看山不喜平」，《文心雕龍》所謂

「越世高談、自開戶牖」（超越了時代的限制，打開了自己思想的門窗），《南齊書》所謂「新變代雄」（以新奇變化取代前賢而稱雄），韓愈這一段話，正道着了藝術之所以為藝術的妙諦。

最後是書信的收結，與首段的相應，而一位謙厚誠懇、誨人不倦的長者形貌，也就不只浮現在當時的收信者面前，也浮現在後世的讀者面前了。

陋室銘

劉禹錫

【作者】

劉禹錫（772 至 842 年），字夢得，唐德宗時中進士。與韓愈、柳宗元友善。劉、柳都因參加王叔文集團在政爭中失敗被貶，多年後風波平伏，劉氏還朝為官。世人以其職而稱「劉賓客」。晚年居洛陽，常與白居易唱和。善詩文、樂府民歌，有《劉夢得集》行世。

【題解】

「銘」是一種簡短的體裁，以精約的文字 —— 通常是韻文 —— 刻於某種器物上面，因器喻志，借物抒情，大都會有記述功德、或者警惕嘉勉之

意。劉禹錫參政失敗，屢次遷謫，在五十多歲，貶到和州出任刺史時，撫濟災旱，勤理政務，而安居陋室，吟詠自娛。這便是他借所居而抒發情志的一首銘文。

【譯注】

山不在高，	山，不在乎高，
有仙則名；	有神仙就出名；
水不在深，	水，不在乎深，
有龍則靈。	有蛟龍就顯靈。
斯是陋室，	這是一間簡陋的房子，
唯吾德馨。	不過我的美行，可以散發芳馨。
苔痕上階綠，	苔蘚漫上了台階，幾痕翠綠，
草色入簾青。	芳草映入了簾帷，一片碧青。
談笑有鴻儒，	（在這裏）談笑的，有博學的大儒，
往來無白丁 ❶。	（與我們）來往的，都並非庸陋的人丁。
可以調素琴，	（在這裏，）可以調弄清雅的琴，
閱金經。	可以閱讀金字書寫的佛經。
無絲竹之亂耳，	沒有吵耳的音樂令人紛紛亂亂，
無案牘之勞形。	沒有勞心的公文令人營營役役。
南陽諸葛廬 ❷，	（真比得上）南陽諸葛亮（隱逸）的廬舍，

西蜀子雲亭 ❸。　　　　　　　　（又彷彿是）西蜀揚子雲（安居）

　　　　　　　　　　　　　　　的宅亭。

孔子云：　　　　　　　　　　　孔子説（得好）：

「何陋之有 ❹ ？」　　　　　　　「這又有甚麼簡陋呢？」

❶　白丁：唐代服色，由黃赤至褐黑，依位而分；白衣則無地位。

❷　東漢末，諸葛亮隱於南陽，劉備三顧其所居草廬，敬邀之為助。

❸　西漢末，辭賦家揚雄居西蜀。劉禹錫是以兩位前賢的謀略文才自比。

❹　《論語．子罕》篇：「君子居之，何陋之有？」意思是：只要居住的是有德君
　　子，那房舍雖然簡單，也自然高貴了。

【賞析】

　　本篇一起，借山水發興，氣象高華，有與天地自然一體的意慨。「陋
室」、「德馨」兩句，點明主體，突出主題。室中人性行芳馨，所以「德不
孤，必有鄰」，連青苔綠草，都「上階」、「入簾」，表現了物我相得的有
情世界，不只是鴻儒談笑、才俊往來而已。調琴閱經，賢人樂之以自得；
絲竹案牘，達者避之以怡情，這都可見主人還我本來、不同流俗的情志。
最後引孔子的名言作結，更表示「希聖希賢」的抱負。敘事、寫景、抒
情、論說，熔鑄於八十一字之中，而流暢自然，諧婉清麗，確是佳作。

始得西山宴遊記

柳宗元

【作者】

柳宗元（773至819年），字子厚，唐河東（今山西）人。在親族的盼望、師友的愛重、人群的讚美中成長。青年登進士第，德宗晚期與劉禹錫等在王叔文黨，助繼位的順宗行新政。帝病，宦官藩鎮等擁立憲宗，宗元被貶永州（今湖南零陵）為司馬，不得處理政事。宗元抑鬱惶恐，得腹痞心悸之疾，寄情於遊覽讀書。十年後，再貶柳州（今廣西柳州）任刺史三年，教民導俗，著有成績，而積疾已深，卒於任上，年四十七。有《柳河東集》行世。

柳氏善詩文，早年多重辭采，中歲以後，古文更為精進，尤以論說、遊記為長，主張博通經子、為文以明道。後世與韓愈並稱，同為古文宗師。

【題解】

　　永州是蠻瘴之地，窮山惡水，但是，因永貞政變（805 年）而貶到這裏，極度憂懼的柳宗元仍然在其中發現了若干可遊可賞的山水勝境，生動地加以描繪，並且融入自己的心靈，即所謂〈永州八記〉，前後連貫，而又篇篇自成首尾，本文是其中第一篇。「始得」，就是這個風景點的新發現；「宴遊」，就是快樂地遊賞。

【譯注】

一

自余為僇 ❶ 人，	自從我以罪人身分，
居是州，	住在這個（永）州，
恆惴慄。	常常驚恐憂慮。
其隙也，	有空的時候，
則施施而行，	就慢慢地散步，
漫漫而遊。	隨意地遊覽。
日與其徒上高山、	天天和幾個合得來的朋友爬上高峭的山嶽，
入深林、	進入深密的樹林，
窮迴溪，	追蹤曲折的溪澗，
幽泉怪石，	幽美的泉流，怪異的岩石，
無遠不到。	不論多遠，都曾經到過。

到則披草而坐，	到了以後，就（照例）撥開草而坐下，
傾壺而醉；	倒光了酒，喝個大醉，
醉則更相枕以臥，	醉了就互相枕靠着睡覺，
臥而夢，	睡着了便做夢，
意有所極，	心中要想得到的，
夢亦同趣❷。	夢境也同一趨向。
覺而起，	醒了，就起來；
起而歸。	起來，就歸去。
以為凡是州之山有異態者，	滿以為這永州的山凡有奇異風貌的，
皆我有也；	都有我（的足迹）了，
而未始知西山之怪特。	卻不曾知道西山的奇怪特出。

❶ 僇：同「戮」，僇人，陷於刑戮的罪人。

❷ 趣：同「趨」，方向。

二

今年九月二十八日，	今年九月二十八日，
因坐法華西亭，	因為坐在法華寺的西亭裏，
望西山，	遠遠望見了西山
始指異之。	才指着它，覺得它奇異。
遂命僕過湘江，	於是，便帶領僕人渡過湘江，
緣染溪，	沿着染溪，
斫榛莽，	一路上砍去叢生的雜木，

焚茅茷，	燒掉亂密的茅草，
窮山之高而止。	直到了山頂才停止。
攀援而登，	大家攀爬着、牽拉着上了去，
箕踞 ❶ 而遨，	叉開腿坐着，放眼四望，
則凡數州之土壤，	原來附近幾州的土地，
皆在衽席之下。	都在我們的臥席下邊。
其高下之勢，	那種高高低低的地勢，
岈然、窪然，	有些高聳，有些凹陷，
若垤、若穴，	像小土堆，像小窟窿，
尺寸千里，	（看來）尺寸之間，實際已經千百里之遠。
攢蹙累積，	景物都集中，緊縮、堆積，
莫得遁隱；	逃不出去（我們的眼界）。
縈青繚白，	青青的山色，白白的水光、雲氣，彎彎曲曲地糾繞，
外與天際，	到最外邊和天接在一起，
四望如一。	四邊遠看都是如此。
然後知是山之特出，	這樣，（我）才知道這西山是特出的，
不與培塿為類。	（它）不和那些普通的小丘同類。
悠悠乎與浩氣俱，而莫得其涯；	悠久永恆啊！（山和我都）與天地之氣在一起，而沒有終極；
洋洋乎與造物者遊，而不知其所窮。	廣大空闊啊！（山和我都）與造物之主在一起，而不知道盡頭在哪裏。
引觴滿酌，	拿起了酒杯，斟得滿滿地，
頹然就醉，	（我們）喝得虛飄飄地醉倒，

不知日之入。	連太陽下山都不知道。
蒼然暮色，	直到那蒼茫的暮色，
自遠而至，	由遠方來到，
至無所見，	到（遠處）都看不見了，
而猶不欲歸。	而還是不想回去。
心凝形釋，	（我的）心神凝聚了，從形軀解脫了出來，
與萬化冥合。	和大自然不知不覺地合為一體。
然後知吾嚮 ❷ 之未始遊，	這樣，我才知道自己以往實在未曾真正遊覽過，
遊於是乎始。	真正的遊覽，從這次開始。
故為之文以志。	所以寫了這篇文章來作紀念。

❶ 箕踞：席地而坐，伸開兩腿，形如簸箕。

❷ 嚮：以往。

三

是歲元和四年也。	這年，是元和四年。

【賞析】

　　本文的全篇眼目，在「始得」兩字。

　　「始得」，不只是「發現」，而且是「覺悟」——覺悟到：西山之特出，是「不與培塿為類」；覺悟到：人要真正特立獨行，自得其樂，也要放下一

切「攢蹙累積」、「若垤若穴」的人間不平，這樣才可以「心凝形釋」，才可以「悠悠乎」、「洋洋乎」、「與造物者遊」、「與萬化冥合」，而得到真正的「宴遊」之趣——那幾句，句句寫山，也是句句寫人，西山與作者，渾然一體，直到暮色四合，仍然依依不捨，這是讀者都應感覺得到的意境。

除了由「未知西山」而「始望西山」而「始得西山」的清楚層次外，用字精煉、形象真切，當然也是本文的長處，第一段三個短句：「上高山、入深林、窮迴溪」，次段四個短句：「過湘江、緣染溪、斫榛莽、焚茅茷」，充滿了動感；而談到平時的遊山，「無遠不到，到則……醉，醉則……臥，臥而夢……」，連串的「頂針」（或稱「頂真」）句法，給人以「次次如是」、「不外如是」之感，映托起「始得西山」不平凡的驚喜。

驚喜在於前所未知，而人迹未至。「斫榛莽」兩句，已經表示登山之路，是由作者走出來的。驚喜更在於西山之特出，而其特出在於高峻雄偉。「數州之土壤……」以下幾句，形象化地寫出西山「不與培塿為類」，而不屑與凡庸甚至鄙惡者為類的柳宗元，於是在大自然中獲得了知己，於是「頹然就醉」，平素「惴慄」、長久的精神困苦，於是「心凝形釋」，獲得了一次痛快的精神解脫與滿足。

愛蓮說

周敦頤

【作者】

周敦頤（1017 至 1073 年），字茂叔，宋初道州（在今湖南）人，為官耿介清廉。曾築室廬山讀書，以故居濂溪為室名，人稱「濂溪先生」。融合《易傳》和《老子》思想，著《太極圖說》，認為太極是天地根本，一動一靜而產生陰陽、化成萬物。後世推為理學之祖。

【題解】

作者以精簡優美的文筆、擬人化的藝術手法，比較菊、牡丹、蓮花三種花卉所象徵的不同性格，而重點在於說明自己特別喜愛蓮花，因為它的

種種品質，正可以代表潔身自愛，在風氣之中而不為風氣所移的君子。

【譯注】

一

水陸草木之花，	水上陸上、草本木本多種花卉，
可愛者甚蕃。	可愛的很多。
晉陶淵明獨愛菊，	晉朝的陶淵明唯獨喜愛菊花，
自李唐 ❶ 來，	自唐朝以來，
世人甚愛牡丹 ❷，	世人非常喜愛牡丹，
予獨愛蓮之出淤泥而不染，	我卻單單喜愛蓮花的生長於污泥之中，而不被沾染，
濯清漣而不妖，	洗滌在清波裏，卻並不妖艷，
中通外直，	中心通透，而外表筆直，
不蔓不枝，	不到處牽連，也不橫生枝節，
香遠益清，	香氣散播得遠，而且愈開愈清幽，
亭亭淨植，	伶伶俐俐、乾乾淨淨地挺立在水面上，
可遠觀而不可褻玩焉。	（人們）可以遠遠觀賞，而不好輕慢地玩弄它。

❶ 李唐：唐朝皇室姓李，依前人習慣，以王朝與君主姓氏連稱。

❷ 牡丹：唐人極重牡丹，尊為國色天香、京城名種，價值鉅萬，風氣入宋不衰。

二

予謂：

菊，花之隱逸者也；

牡丹，花之富貴者也；

蓮，花之君子者也。

噫！

菊之愛，

陶之後鮮有聞；

蓮之愛，

同予者何人？

牡丹之愛，

宜乎眾矣！

依我看來：

菊，是花之中的隱士；

牡丹，是花之中的富貴人物；

蓮，是花之中的君子。

唉！

對菊花的愛好，

陶淵明之後就少有聽到了，

對蓮花的愛好，

跟我一樣的有誰呢？

對牡丹的愛好，

難怪是這麼多了！

【賞析】

　　生物的形態性格，變化萬千，都是出於自然，不由自主。人因為獨有價值觀念，於是飛潛動植各物，就被賦予不同的象徵了。以中國文學而論，黃鳥鴟鴞，芳草蕭艾之類，自《詩經》、《楚辭》以來，便代表不同的人物，周敦頤這個傳誦千年的小品名篇，繼承的便是這個傳統。

　　本文區區一百一十九字，而層次分明，主題突出，文筆簡練，描寫蓮花的幾句，尤其語言精巧，神態畢肖，確是傑作。

　　當然，正如作者一開首承認：「可愛者甚蕃」，美的欣賞，固然應該多元；善的標舉，也不必常常強求一致。東籬黃菊的孤標傲世，歲寒三友

的凌雪欺霜，以至葵花之仰望太陽，桃李之喜坐春風，歷代都不乏歌頌讚美。牡丹的美艷高貴，既是很難否認；人情之所同，也不必一定要詆為俗品。富貴是人所同欲，只要得之以其道，處之以其義，正是儒家的聖人之教。如果梅、菊以至蓮花，可以象徵「不得志、獨行其道」的亂世君子，牡丹、芍藥、玫瑰等等，又何嘗不可以象徵「得志、兼善天下」的治世能臣，給大眾以喜悅，給大眾以希望呢？

所以，本篇固然是濂溪先生肺腑之言，足以獎勵清高；但是如果讀者執着太過，變為孤芳獨賞，甚至矯情虛偽，那又恐怕墮入另外一種偏差了。

岳陽樓記

范仲淹

【作者】

　　范仲淹（989 至 1052 年），字希文，蘇州吳縣人。北宋初期一位超卓的儒者、政治家、軍事家和作家。他從少便以「不為良相，亦為良醫」，「寧鳴而死，不默而生」為志。中年曾經奏陳十事，以澄清吏治、修明法政、強兵富民，雖然未獲推行，卻開啟了後來王安石的新法。又曾和韓琦協力防守西北，聲威遠震。晚年又創設宗族義田制度，為後世所效法。有《范文正公集》傳世。

【題解】

　　宋仁宗慶曆六年（1046 年），范仲淹因倡議改革，被貶鄧州，當時他的朋友滕宗諒，修建了洞庭湖畔的岳陽樓，請他作記。范氏借題發揮，由樓上所見不同的氣候、景物，所引發的不同情思，抒發了一個真正儒者所自勉共勉的，「先天下之憂而憂，後天下之樂而樂」的抱負。

【譯注】

一

慶曆四年春，	慶曆四年的春天，
滕子京 ❶ 謫守巴陵郡 ❷。	滕子京被貶謫到了巴陵郡。
越明年，	到了第二年，
政通人和，	政務順利，民情和洽，
百廢具 ❸ 興，	許多荒廢了的事務都重新辦起來了，
乃重修岳陽樓，	於是重新修建岳陽樓，
增其舊制，	擴展了它舊有的規模，
刻唐賢、今人詩賦於其上，	刻唐朝和現代名家的詩賦在上面，
屬予作文以記之。	（並且）囑咐我寫篇文章記述這件事。

❶　滕宗諒，字子京，范仲淹同年進士，友誼甚篤，卒於本文作後一年。

❷　滕氏因處理公款不當被貶，此時改知岳州，治所在巴陵縣。

❸　具：即「俱」字。

二

予觀夫巴陵勝狀，　　　　　依我看來：巴陵郡的壯麗之處，
在洞庭一湖。　　　　　　　就在洞庭這個湖上。
銜遠山，　　　　　　　　　（它）銜着遠處的君山，
吞長江，　　　　　　　　　吞下了長江，
浩浩湯湯 ❶，　　　　　　　又大又闊的水勢，
橫無際涯；　　　　　　　　寬廣得無際無邊；
朝暉夕陰，　　　　　　　　早晨的陽光，黃昏的月色，
氣象萬千。　　　　　　　　（映照着這個大湖，）氣色形象，
　　　　　　　　　　　　　真是千變萬化。

此則岳陽樓之大觀也。　　　這就是岳陽樓所見的壯麗情景了。
前人之述備矣。　　　　　　（這些，）前人的描寫已經很完備了。
然則北通巫峽，　　　　　　那麼，這裏向北通向巫峽，
南極瀟湘，　　　　　　　　向南直到瀟水、湘水，
遷客騷人，　　　　　　　　從各處貶謫調職而來的異鄉人士，
　　　　　　　　　　　　　多愁善感的詩詞作家，
多會於此，　　　　　　　　往往在這裏聚首，
覽物之情，　　　　　　　　他們看到各種景物的心情，
得無異乎？　　　　　　　　能夠沒有不同嗎？

❶　湯：音「傷」；全語即今「浩浩蕩蕩」。

三

若夫淫雨霏霏，　　　　　　　　譬如說：陰雨連綿，
連月不開，　　　　　　　　　　連續個多月以上還沒有放晴，
陰風怒號，　　　　　　　　　　濕濕冷冷的風，憤怒地號叫，
濁浪排空，　　　　　　　　　　渾濁的浪，拍擊到天空，
日星隱耀，　　　　　　　　　　太陽、星宿，隱沒了光輝，
山岳潛形；　　　　　　　　　　高山也都不見了形狀，
商旅不行，　　　　　　　　　　商人、旅客停止了行走，
檣傾楫摧；　　　　　　　　　　船的桅杆、槳楫，都被吹折、打斷；
薄暮冥冥，　　　　　　　　　　傍晚的天色，昏昏沉沉，
虎嘯猿啼。　　　　　　　　　　（聽見的像是）老虎在嘯吼，猿猴
　　　　　　　　　　　　　　　　在啼叫。

登斯樓也，　　　　　　　　　　（這時）登上這岳陽樓嘛，
則有去國懷鄉，　　　　　　　　就有離開了政治中心、懷念着熟悉
　　　　　　　　　　　　　　　　的家園，
憂讒畏譏，　　　　　　　　　　憂慮被人譖謗，害怕被人譏笑（等
　　　　　　　　　　　　　　　　種種感想），
滿目蕭然，　　　　　　　　　　滿眼是蕭條冷落，
感極而悲者矣。　　　　　　　　感慨到極點，於是就悲傷起來了！

四

至若春和景明 ❶，　　　　　　　又譬如說：春天和暖，日光明朗，
波瀾不驚，　　　　　　　　　　湖面一片平靜，

上下天光，	上面的天光，下面的倒影，
一碧萬頃。	望過去是無限廣闊的碧青。
沙鷗翔集，	沙鷗或者飛翔，或者棲息，
錦鱗游泳；	閃着多種彩色鱗片的魚，或者游在水面，或者泳入湖中；
岸芷汀蘭，	岸邊的白芷，沙洲上的蘭花，
郁郁青青❷。	香香的茂盛一片。
而或長煙一空，	有時候，那漫天的雲霧完全散了，
皓月千里，	皎潔的月光，普照着大地，
浮光躍金，	湖面跳躍着金色的光點，
靜影沉璧。	玉璧般的月影靜靜的沉在水裏。
漁歌互答，	漁船上飄來歌聲的唱和，
此樂何極！	這種樂趣，真是無窮無盡！
登斯樓也，	（這時）登上這岳陽樓嘛，
則有心曠神怡，	就會心情開朗，精神安樂，
寵辱皆忘，	甚麼得失榮辱，統統忘記，
把酒臨風，	端起酒杯，對着清風，
其喜洋洋者矣。	無限地快樂了。

❶ 景：日光（若解作「景色」，則與以下數句複沓）。春和景明，即習語所謂「風和日麗」。

❷ 青青：茂盛之貌，音「精精」。

五

嗟夫！
予嘗求古仁人之心，

或異二者之為。

何哉？
不以物喜，

不以己悲。
居廟堂之高，
則憂其民；
處江湖之遠，
則憂其君。

是進亦憂，退亦憂。
—— 然則何時而樂耶？

其必曰：
「先天下之憂而憂，
後天下之樂而樂」乎？

噫！

唉！
我曾經探究過古代仁愛為懷者的想法，

也許和上面所說的兩種表現並不一樣。

這是甚麼呢？
（就是，）不因為環境的順適而喜悅，

不因為自己的失意而悲哀。
（如果）居於政府高位，
就憂心遠離群眾，忘記了民間疾苦；
（如果）處於江湖閒散，
又憂心遠離國君，不能為他進諫獻策。

這真是上進也憂心，退下也憂心了。
—— 那麼，要到甚麼時候才快樂呢？

他恐怕一定說：
「在普天下擔憂之前已經擔憂，
在普天下快樂之後才快樂。」這樣吧。

唉！

| 微斯人， | 如果沒有這樣（胸襟）的人， |
| 吾誰與歸？ | 我跟誰在一起呢？ |

【賞析】

以「聖賢學問，發為才子文章」——金聖歎的稱譽，本篇實在當之無愧。

文章開首，是精簡的記敘，時、地、人、事，一一點明。跟着由事而景，以極其雅潔的二十多個字，特別是錘鍊精絕的「銜」、「吞」兩個動詞，包舉了古今才人所描繪的洞庭氣象。這是第二段。景色的陰晴不同，情懷的憂樂有異，於是分為觸景生情的三、四兩段，平行對比，鮮活的詞藻，和諧的音律，工整的對偶，流暢的節奏，可說是鑲嵌在一篇雄健的散文中間的兩首華麗的小賦。有人迂拘地疵議這不是古文正宗，更多人低徊吟誦，擊節讚賞——特別是靈活的虛字運用，把眾多的四字句子調節得珠走玉盤，輕靈優美。

前面四段的引導、鋪排，就像一條矯健的龍，在浩翰的湖海迴蕩翻騰，蓄勢既足，便破浪而上——一聲「嗟夫」的長歎，進入了全文最精警的最後一段，讀者的心靈，也被提升到中國傳統讀書人的最高境界。「不以物喜，不以己悲」，志士仁人的終極關懷，應該是天下眾生的憂樂。「先天下之憂而憂，後天下之樂而樂」，這是儒者的仁愛、佛家的慈悲，所交織融和的境界，也就是范仲淹以他一生的事業、以他這篇傳誦千古的文章，所昭示我們的境界。

醉翁亭記

歐陽修

【作者】

　　歐陽修（1007 至 1072 年），字永叔，晚號「六一居士」，諡「文忠」。江西廬陵人。幼孤貧，幸得「畫荻教子」的賢母，撫育成長。在仕途上，他早歲支持范仲淹，正直敢言，也因此屢遭貶謫。又喜賢好士，王安石、蘇軾等都曾受他賞識提拔。學術方面，善懷疑、好議論的他，開啟了一代風氣。自撰《新五代史》，主修《新唐書》，發揚《春秋》謹嚴高簡，寓褒貶於史事的精神。文學方面，他能詩善詞，而影響最大在於散文。自從少年時得讀《昌黎文集》，大為喜愛，成名後就領導當世古文運動和「師韓」風氣。他的文學見解也和韓、柳同調，主張以經為師，中心修養充實，作為文章自然有內發的光輝。他自己的文章，也是溫厚雅正，委婉暢達，富於情感，在當時與後世，都被尊為宗師。

【題解】

宋仁宗慶曆六年（1046 年），歐陽修因支持范仲淹，被政敵攻擊，貶往淮東滁州，已經兩載。政事之餘，寄情山水。當時他年方四十，而蒼顏白髮，又稍飲即醉，所以自號「醉翁」，並把共飲之地名為「醉翁亭」，而為之作記，寫景敘事之外，並藉此抒發他「與民同樂」的儒家政治理想。

【譯注】

一

環滁皆山也。	環繞着滁州的，都是山哪。
其西南諸峰，	那西南方的幾座山峰，
林壑尤美。	樹林山谷尤其美好。
望之蔚然而深秀者，	放眼望過去草木繁茂，又幽深又秀麗的，
琅琊也。	就是琅琊山了。
山行六七里，	沿着山路，走六七里，
漸聞水聲潺潺，	漸漸就聽到潺潺的水聲，
而瀉出於兩峰之間者，	從那兩座山峰之間傾瀉而出的，
釀泉也。	就是釀泉了。
峰回路轉，	山勢回過來，路繞過去，
有亭翼然臨於泉上者，	就見到一座像鳥兒展翅般靠着泉水上邊的，

醉翁亭也。

——作亭者誰？

山之僧智仙也。

——名之者誰？

太守自謂也。

太守與客來飲於此，

飲少輒醉，

而年又最高，

故自號曰「醉翁」也。

醉翁之意不在酒，

在乎山水之間也。

山水之樂，

得之心而寓之酒也。

就是醉翁亭了。

——建造這亭子的是誰呢？

是山裏的僧人智仙。

——給亭子取名的是誰呢？

是太守用自己的別號來命名的。

太守和賓客來這裏飲酒，

稍微喝一點就醉了，

而年紀又最大，

所以自己就起個別號，叫做「醉翁」了。

醉翁的心意其實並不在酒，

而是在於大自然的景色啊。

遊山玩水的樂趣，

領略在心中，而寄託在酒裏面啊。

二

若夫日出而林霏開，

雲歸而岩穴暝，

晦明變化者，

山間之朝暮也。

野芳發而幽香，

每當太陽出來，林間的霧氣就消散了，

雲煙聚集，山岩洞穴就昏暗了，

這種陰暗與光明的交替變化，

就是山裏的早晨和傍晚了。

（最先，）郊野的花開放了，散發清幽的香氣，

佳木秀而繁陰，	（跟着，）美好的樹木茁長了，形成濃密的綠蔭，
風霜高潔，	（然後是）高爽的風，潔白的霜，
水落而石出者，	（最後，）溪流的水位低落了，河床的石頭露了出來，
山間之四時也。	這便是山裏的四季景色了。
朝而往，	早上出去（遊玩），
暮而歸，	黃昏回來，
四時之景不同，	四季的景色不同，
而樂亦無窮也。	而樂趣也就無窮了。

三

至於負者歌於途，	至於說，擔着東西的人，在路上唱歌，
行者休於樹，	趕路的人，休息於樹下，
前者呼，	前面的呼喚，
後者應，	後面的應答，
傴僂提攜，	彎腰曲背的老人家，被拖着被帶着的小孩子，
往來而不絕者，	不停地往往來來在路上的，
滁人遊也。	那是當地的人到來遊玩啊。
臨溪而漁，	到溪邊來釣魚，
溪深而魚肥；	溪水又深，魚又肥美；
釀泉為酒，	用釀泉來造酒，

泉香而酒洌。	泉水芳香，酒味清醇。
山肴野蔌，	多種山菜、野味，
雜然而前陳者，	紛紛雜雜地擺在面前（任人享用）的，
太守宴也。	就是太守所設的筵席了。
宴酣之樂，	酣暢地宴飲的樂趣，
非絲非竹，	靠的不是絃琴，不是簫笛，
射者❶中，	——（你看：）射的射中了，
奕者勝，	下棋的，贏了，
觥籌交錯，	酒杯、籌碼，雜亂地在人們之間傳來傳去，
起坐而喧嘩者，	有人站起來、有人坐下去、有人大叫喧嘩，
眾賓歡也。	這就是賓客開懷盡歡的情景了。
蒼顏白髮，	有位容貌老老的、頭髮白白的，
頹然乎其間者，	傾倒在眾人之間的，
太守醉也。	就是醉醺醺的太守了。

❶ 射：古代宴會，有賓客以箭投壺之禮，中者勝，否則罰酒。另解：宴會時以九種動物圖像為箭靶，射中者依各圖的籌碼而飲酒，稱為「九射格」。

四

已而夕陽在山，	過了一會，黃昏的太陽下到山了，
人影散亂，	走動的人，移動的影，分散而又雜亂，

太守歸而賓客從也。	這是太守歸去，而賓客也跟着離開了。
樹林陰翳，	樹林陰暗起來，
鳴聲上下，	上上下下響起了雀兒的鳴叫，
遊人去而禽鳥樂也。	這是遊人離開，禽鳥們又再歡樂地歌唱啊。
── 然而禽鳥知山林之樂，	── 不過，禽鳥只知道大自然的樂趣，
而不知人之樂；	而不知道人類社會的樂趣；
人知從太守遊而樂，	人們也只知道跟從太守遊覽山水而快樂，
而不知太守之樂其樂也。	而不知道太守是因為大家都快樂而快樂啊。
醉能同其樂，	醉了，能夠和大家一同快樂，
醒能述以文者，	醒了，能夠寫文章來記述那情景，
太守也。	這就是太守了，
── 太守謂誰？	太守是誰呢？
廬陵歐陽修也。	就是廬陵的歐陽修了。

【賞析】

文章一開首，就像現代影視鏡頭的運用 ── 由廣角而聚焦，由山城全貌，而西南諸峰、而琅琊、而釀泉附近，而文章的對象：醉翁亭。跟着幾句短問短答，交代了建亭，命名，然後以那個傳誦千古的句子，點明醉

翁之所樂，不在酒而在山水，這樣結束前一段，而開啟第二段。

山水之景，朝暮不同，四季有異，種種樂趣是無窮的 —— 不過也許是有窮的，如果只是個人隱逸的話。作者沒有明說這句，只是繼續以亭為中心，周遭往來的遊人，太守與賓客的宴會，種種群眾之樂，也就是太守個人之樂，因樂而醉，又回應了上文對亭的名號的解釋，這是第三段。

最後，又一次宴會完了，不過，世上的樂並沒有結束 —— 禽鳥開始回復了牠們的山林之趣。山林之趣是生物共有的，簡樸、熙和的宴遊之樂，卻只在於太平的人類社會 —— 這是善良的人民的共同願望，也是以淑世澤民為職志的儒者襟懷，至於「醉能同其樂，醒能述以文」，就是作者個人的特殊喜悅了。

歐陽修這個傳世名篇，充分表現他安詳舒泰的典型風格，而自然世界與人群生活融和協合，也就是本文的主調。文章的樂調，表現於流暢而和婉的陳述句，表現於靈活自然而毫不冗贅拖沓的廿一個「也」、廿五個「而」以及其他虛字，表現於參夾在散體之中的若干精美的駢偶句子，這些都是作者高超的語言藝術所在。

謝曹秀才書

曾鞏

【作者】

曾鞏（1019 至 1083 年），字子固，宋南豐（今屬江西）人。少年聰慧，天性孝友，照顧家人歷盡艱辛，年近四十始登第出仕，歷任地方長官及史館修撰。文章和平委婉，雍容典雅，青年時受賞於歐陽修，後世列之為唐宋八大家之一。

【題解】

曹秀才應試，不第，要從學於曾鞏，曾氏適因被召，不能接受，覆信致謝，並且嘉勉他的志向。

【譯注】

一

鞏頓首，
曹君茂才 ❶ 足下：

曾鞏鞠躬，
曹秀才足下：

> ❶ 茂才：即秀才。東漢時避光武帝劉秀諱。改稱，後人有時沿用。

二

嗟乎！
世之好惡不同也。
始，足下試於有司，
鞏為封彌官 ❶，
得足下與方造、孟起之辭而讀之，
以謂宜在高選。
及來取號，

而三人者皆無姓名，

於是撫然自悔許與 ❷ 之妄。

既而推之，

唉！
世人喜歡與否的標準是很不相同的。
起先，您參加有關部門的考試，
我擔任封彌官，
而得到您和方造、孟起的文章，自己看過，
認為應該獲得高的等第。
後來憑試卷號碼核錄考生姓名的時候，

卻發覺你們三位都不在中選名單之中，

於是我自己很不開心，覺得眼光不夠。

後來又再想一下，

特世之好惡不同年，	就覺悟到這不過是世界欣賞標準的不同罷了，
羣之許與，	我的讚賞，
豈果為妄哉？	難道真的錯誤嗎？

❶ 封彌官：宋代科舉考試官員，負責謄寫校勘去除姓名籍貫字樣而代以號碼的試卷，送考官評定，再彌（密）封送覆考官再定等第。

❷ 許與：都是「稱許」、「讚賞」之意。

三

今得足下書，	現在得到您的信，
不以解名 ❶ 失得置於心，	你不以科舉名銜的得失放在心裏，
而汲汲以相從講學為事，	反而積極地想跟我一起研究學問，
其博觀於書而見於文字者，	而您由平時的博覽勤讀而表現的寫作水準，
又過於羣向時之所與甚盛。	又比我從前所讚賞的（您的應試文章）高出許多。
足下家居無事，	您在家沒有事，
可以優遊以進其業，	可以優優遊遊地學業精進，
自力而不已，	自己能不懈地努力，
則其進孰能禦哉！	那進步又有誰能阻擋呢？

❶ 解名：由鄉試考得的功名。「解」，去聲，音「界」，由地方向上級奏聞的意思。

四

世之好惡之不同，世人的喜愛標準不同，

足下固已能不置於心，您當然已經能夠不放在心上了，

顧羣適自被召，可惜我剛剛得到宣召到別處工作的命令，

不得與足下相從學，不能夠和您一同學習，

此情之所眷眷也。這就是我之所以滿懷眷戀的原因了。

用此為謝，專誠寫這封信向您道謝，

不宣。其他的話，都不能盡說了。

【賞析】

　　文章之道，要「如魚飲水，冷暖自知」，「世之好惡不同」，所以，評選者的好惡毀譽，不應該置於心上。這是本文要傳達的信息。寫來誠懇親切，沒有浮詞褒揚，而曹秀才的為文與為人長處，已經不言而喻。且欣賞、勉勵、致謝、道歉等等心意，便已盡在這二百字的短函之中。

讀孟嘗君傳

王安石

【作者】

　　王安石（1021 至 1086 年），字介甫，號半山，世稱荊公，諡「文」。江西臨川人。北宋傑出的政治家和作家。自少有經世大志，壯年時曾上仁宗萬言書，主張改革政治。年五十，為神宗宰相，推行新法，雖未能成功，也有很大影響，足以見其魄力。善詩文，有《臨川集》傳世。

【題解】

　　戰國時代，貴族領袖有養士之風，以羅致人才，增強聲勢。與趙平原君、魏信陵君、楚春申君合稱「四公子」的齊孟嘗君最為著名，門下食客

號稱三千，極一時之盛。

　　有關孟嘗君田文，除了《戰國策》所載，馮諼替他焚燒債券、收買人心、經營「狡兔三窟」之外，後世美稱的，是所謂「雞鳴狗盜」的故事 —— 他有一次被秦昭王所囚，處境極危，門下客有人善扮狗偷盜，潛入秦宮，竊回所獻白狐裘，賄賂昭王寵姬，由她勸說昭王放走孟嘗君。到了函谷關，又由另一門下扮雞啼，引致群雞盡鳴，守吏於是提前依例開關，孟嘗君因此在昭王後悔而派人追捕之前，得以逃脫。

　　王安石讀了孟嘗君的傳記，並不人云亦云地稱揚他能得人才，卻從高一級的層次、另一個角度，指出他只是浪得虛名；於是撰寫本篇。

【譯注】

世皆稱孟嘗君能得士，	世人都稱讚孟嘗君能夠得到人才，
士以故歸之，	人才因此都投歸他的門下，
而卒賴其力，	而他後來也靠着門下人才的力量，
以脫於虎豹之秦。	來逃脫於虎豹般兇暴的秦國。
嗟乎！	唉！
孟嘗君特雞鳴狗盜之雄耳，	孟嘗君只不過是那班扮雞啼叫、扮狗偷東西的人的首領罷了，
豈足以言得士！	怎談得上是得到人才呢！
不然，	否則的話，
擅齊之強，	憑着齊國的強大，
得一士焉，	只要得到一位（真正配稱為人才的）人才，

宜可以南面而制秦，	就應當可以君臨天下、控制秦國了，
尚何取雞鳴狗盜之力哉！	又哪裏還用得着那些扮雞叫、扮狗偷的力量呢！
夫雞鳴狗盜之出其門，	這類雞鳴狗盜的貨色，出於他的門下，
此士之所以不至也！	所以真的人才，就不會來到了！

【賞析】

號稱「拗相公」的王安石，最善於用極簡練的文字，表達他極堅強而又與人不同的見解。本文便是一個例子。

只有治國平天下的大人才，才配稱為「士」—— 在這個層次極高的大前提之下，孟嘗君門下那一大批酒囊飯袋不用說，就連算是能脫主公個人於險的雞鳴狗盜之徒，也只是驅逐「良幣」的「劣幣」罷了。門下除了少數「偏才」之外，絕大部分都是「庸才」、甚至「奴才」，那孟嘗君的見識、胸襟也就可想而知了。真正的經世之才，或者被忽略、或者受排擠、或者潔身自愛、羞與噲伍，又怎會出於他的門下呢！

王安石不同流俗的高見，出之以只有八十八字的極短篇，包含了四個層次：

一、世俗之見，

二、孟嘗君所得並非真士，

三、真士的效驗，

四、不得真士的原因。

層層轉折，而一氣貫串，可見筆力之健。

傷仲永

王安石

【作者】

見第 189 頁。

【題解】

　　王安石廿三歲時，耳聞一個文學天才的出現，而又目睹他因為缺乏栽培而沒落，傷惜之情，發而為對教育價值的強調。本文便是這樣一個由記述而議論的短篇。

【譯注】

一

金谿民方仲永，	（江西）金谿地方的百姓方仲永，
世隸耕。	世世代代屬於耕田戶。
仲永生五年，	他長到五歲，
未嘗識書具，	不曾見過寫字的工具，
忽啼求之。	（有一天，）忽然哭着要那些東西。
父異焉，	他父親奇怪起來，
借旁近與之。	便向鄰居借來給他。
即書詩四句，	他立即寫了四句詩，
並自為其名。	並且題上自己的名字。
其詩以養父母、收族為意。	那首詩以供養父母、團結宗族為旨意。
傳一鄉秀才觀之。	（後來）被全鄉的秀才傳着觀覽。
自是，	從此，
指物作詩立就，	（只要）指定事物（要他）作詩，立即就寫好，
其文理皆有可觀者。	（而且）文采、義理，都很值得一看。
邑人奇之，	地方上的人都認為他是個奇才，
稍稍賓客其父，	漸漸邀他父親（帶着他）去作賓客，
或以錢幣乞之。	或者出錢來求他（表演作詩）。
父利其然也，	他父親認為這樣有利可圖，

| 日扳仲永環謁於邑人， | （就）每天拉着仲永團團轉地見那些地方人， |
| 不使學。 | 不讓他（好好）學習。 |

二

余聞之也久。	我聽說這件事許久了。
明道中，	（仁宗）明道年間，
從先人還家，	跟從先父回家，
於舅家見之。	在舅舅府上見到仲永。
十二三矣。	（那時，他）十二三歲了，
令作詩，	叫他作詩，
不能稱前時之聞。	表現得不像以前所聽到的（那樣好）。
又七年，	又過了七年，
還自揚州，	（我）從揚州回來，
復到舅家問焉。	再到舅舅家問起（仲永的情況），
曰：	（他們回答）說：
「泯然眾人矣！」	「（甚麼聰明都）消失了的樣子，平凡人一個罷了！」

三

| 王子曰： | 王（安石）先生說： |
| 「仲永之通悟， | 「仲永的聰明穎悟， |

受之天也。	是受之於上天的啊。
其受之天也，	他所受於上天的，
賢 ❶ 於材人遠矣。	比一般賢能的人多出遠遠了。
卒之為眾人，	最後（卻）只是一個平平凡凡的人，
則其受於人者不至也。	就因為他受之於人（的栽培）不夠啊。
彼其受之天也，	（像）他這樣接受上天（稟賦恩賜），
如此其賢也，	這樣豐盛的人，
不受之人，	因為沒有人的栽培，
且為眾人；	尚且變為平凡，
今夫不受之天，	現在（如果）特別天賦沒有了，
固眾人，	固然已經是平常人，
又不受之人，	又連（後天的、）人的栽培也沒有，
得為眾人而已耶？」	還能做得上平常人嗎？」

❶ 賢：多。

【賞析】

　　人才是可貴的，「天賦」與「學力」都是成就人才的必需條件，正如種子與栽培，對植物的成長同樣重要。倘若一顆文化的種子，天賦特別優秀，因為缺乏栽培，結果消失在平凡之中，那不是太可惜嗎？像方仲永這樣的文學天才，而竟生於連文具也沒有的家庭，而竟有一個唯利是視而又愚昧淺見的父親，那不是太可哀嗎？

王安石就是為此而惋惜哀傷。不過，感性的「傷」字，在文中全不出現，出現的是最後一段理性的分析和疑問，以及前兩段冷靜而平實的敘述，敘述由「耳聞」而「目睹」，由「特異」而「平凡」的變化。三個段落的最後一句：「不使學」、「泯然眾人矣」、「得為眾人而已耶」——一個無可挽救的愚行、一個無可奈何的結果、一個無可逃避的問題，便是全篇的結穴。由於有此愚行，所以有此結果，這是可傷的；是否會更廣大地「傷」、更長遠地「傷」，就要看人們對最後的問題，如何回答了。

　　天賦的聰明何時消竭，我們無從預測；有聰明而不加教育，卻肯定是可傷甚至可恨的錯誤。年青的王安石，在他成熟而精煉的二百三十多個字的短文中，給天下後世這樣一個寶貴的信息。

留侯論

蘇軾

【作者】

　　蘇軾（1037 至 1101 年），字子瞻，宋眉州眉山（近今四川成都）人。幼聰慧，母親程氏熟讀東漢末年黨錮之禍中慷慨就義的范滂的傳記，母子二人，就以志節相勉。應進士試，主考歐陽修驚賞他的文章，於是入仕。後來因為反對王安石新法，外放杭州等地，又被政敵構陷他以文字譭謗朝廷，要致他於死，幸被赦貶黃州，耕讀於東坡，號「東坡居士」。後來還京，又被牽於新舊黨爭之中，晚年被貶嶺南，遠至儋州（今海南島），最後在遇赦北還途中，病逝於江南。南宋初，被追諡為「文忠」。

　　蘇氏服膺儒學，一生耿介，屢遭打擊，常以佛老之道自我寬解。其古文、駢體、詩、詞，不只在宋代，就在有史以來的中國文學發展中，也是第一流。書法、繪畫，也精妙絕倫。有《蘇文忠公全集》及《東坡樂府》傳世。

【題解】

留侯是張良的封號。「留」，在今江蘇徐州。張良（公元前〔？〕至公元前 186 年），字子房，與韓信、蕭何、並稱為「漢興三傑」，輔助劉邦建立王朝，特善謀略，有「運籌帷幄之中，決勝千里之外」的美譽。功成身退，隱逸不知所終。

本文是仁宗嘉祐六年（1061 年），蘇軾應「制科」考試時，所上〈進論〉二十五篇之一，就張良受書於「圯上老人」之事立論，以申明他成大功、立大業的原因。

「圯上老人」的故事，根據《史記‧留侯世家》記載：韓滅於秦，張良為報國仇，派刺客以大鐵椎襲擊秦始皇於博浪沙，不中，被通緝，逃到下邳，偶然在圯（音「宜」，即「橋」）上遇到老人，即黃石公，老人故意把鞋子掉到圯下，又恃老賣老命令張良拾回，並且替他穿上，張良忍氣照辦。老人認為「孺子可教」（這小伙子值得傳授他一點甚麼的），叫他幾天後一早來見，結果兩次都因為張良比老人遲到一點而被責罵，第三次，張良從半夜起，便在圯上等待。老人見到後，很欣慰，便送他一部《太公兵法》，據說後來張良的謀略，許多就是由這本「秘笈」而來。

在敘述之後，司馬遷也加按語，說學者多認為沒有鬼神，但有精怪。譬如張良見到這個圯上的老人，後來又送他一本奇書，這件事就極其詭異云云。

【譯注】

一

古之所謂豪傑之士❶，	古代所謂「豪傑」的人物，
必有過人之節。	必定有超過常人的操守。
人情有所不能忍者，	常人之情，總有些事是不能忍受的。
匹夫見辱，	（譬如說：）普通人受到侮辱，
拔劍而起，	就會拔出劍、跳起來，
挺身而鬥，	挺直胸腰去和人家決鬥；
此不足為勇也。	（其實）這並不算是真正勇敢啊。
天下有大勇者，	世上有稱得上「大勇」的人，
卒然臨之而不驚，	（事情）突然發生，他一點也不慌張，
無故加之而不怒，	（侮辱）無故來到，他一點也不激怒，
此其所挾持者甚大，	這是因為他抱負很大，
而其志甚遠也。	志向很遠啊。

❶ 坊本句末或有「者」，或無之。

二

夫子房❶受書於圯上之老人也，	說起子房接受那橋上的老人贈送兵書，
其事甚怪；	那件事情很怪異，

然亦安知其非秦之世，	不過，又怎知道不是秦朝的時候，
有隱君子者出而試之？	有位隱居的高人出來考驗他呢？
觀其所以微見其意者，	看看這位老人微妙含蓄地表現自己心意的，
皆聖賢相與警戒之義，	都是聖人賢士互相勸戒的道理，
而世不察，	可是世人不了解，
以為鬼物，	以為是鬼怪精靈，
亦已過矣。	這就錯了。
且其意不在書。	況且他的用意也不在於（給張良）那本書。
當韓之亡，	當韓國滅亡，
秦之方盛也，	秦國正在強盛的時候，
以刀鋸鼎鑊待天下之士，	用（殺人的）刀、鋸、（烹人的）鼎、鑊來對待天下的人才，
其平居無罪夷滅者，	安分守己而無辜被害的，
不可勝數；	多得數也數不清；
雖有賁、育❷，	縱使有孟賁、夏育般的勇力，
無所復施。	也沒地方再施展。
夫持法太急者，	（我們知道，）那些操持法律太過嚴厲的政權，
其鋒不可犯，	它的鋒芒是不好硬碰的，
而其勢未可乘❸。	要等到它威勢過去了，就有機會可以利用。
子房不忍忿忿之心，	子房忍不住憤怒的心情，
以匹夫之力，	以一個普通人的力量，

而逞於一擊之間。

當此之時，

子房之不死者，

其間不能容髮，

蓋亦可危矣！

千金之子，

不死於盜賊❹。

何者？

其身之可愛，

而盜賊之不足以死也。

子房以蓋世之才，

不為伊尹❺、太公❻之謀，

而特出於荊軻❼、聶政❽之計，

以僥倖于不死，

此固圯上之老人所為深惜者也。

是故倨傲鮮腆❾而深折之，

彼其能有所忍也，

然後可以就大事，

故曰：

「孺子可教也。」

而想達到目的於一次襲擊之間，

那個時刻，

子房之逃過了死亡，保存了生命，

但兩者之間實在一條頭髮都容納不下，

實在太過太過危險了！

身家億萬的富豪子弟，

不應該死於盜賊。

——為甚麼？

因為性命矜貴，

犯不著為盜賊而死呀！

子房以超過世人的才華，

不作伊尹、太公般（開創國家基業）的（遠大）謀略，

而只想出了荊軻、聶政般（行刺的短淺）計策，

靠了僥倖，才不致於死，

這正是那橋上的老人所深深痛惜的啊！

因此要（故意）傲慢無禮去重重地挫折他，

他如果能夠有所忍耐嘛，

然後才可以成就大事。

所以（老人最後）說：

「這小伙子，可以教誨啊！」

① 子房：張良字。舊日習慣稱字以示敬，因此語譯也不改為「張良」。

② 賁、育：孟賁、夏育，古代大力勇士。

③ 一作「而其勢未可乘」，文氣亦順，而意較平淺重複。

④ 此句一般多數譯作：不（應該）死於盜賊的手裏；亦有人以為是：不死於為盜
為賊。前者是不論被劫被擄，都易於贖身；後者是不肯行險僥倖。按之常理、
文法，兩者均可通；按之張良之刺秦王政，則後解又另有可取之處。

⑤ 伊尹：助商湯建立王朝。

⑥ 太公：即姜尚，遇文王、輔武王伐紂，建立周朝。

⑦ 荊軻：為燕太子丹刺秦王政，事敗而死。

⑧ 聶政：為韓卿嚴仲子刺殺韓相俠累後自殺。

⑨ 鮮腆：鮮，即「少」；腆，潤澤好聽的話。鮮腆，即「無禮」。

三

楚莊王伐鄭，	楚莊王攻打鄭國，
鄭伯肉袒牽羊以逆 ❶。	鄭國國君（以準備接受責打的樣子、）袒着上身、牽着羊去迎接。
莊王曰：	莊王説：
「其君能下人，	「他們的國君能夠（為了自己的老百姓安全而）屈辱自己，
必能信用其民矣。」	一定能夠贏得老百姓的信任和支持啊。」
遂舍之。	就放過了鄭國。
勾踐之困於會稽、	越王勾踐被困於首都會稽、
而歸臣妾於吳者，	以臣妾的卑屈身分事奉吳國，

三年而不倦。　　　　　　　　整整三年還是很勤謹的樣子。

且夫有報人之志，　　　　　　再說吧，有向人報復的意願，

而不能下人者，　　　　　　　而不能在對方面前低聲下氣（等待時機）的，

是匹夫之剛也。　　　　　　　是平凡人的所謂剛強而已。

夫老人者，　　　　　　　　　那個老人嘛，

以為子房才有餘，　　　　　　覺得子房才華是有餘了，

而憂其度量之不足，　　　　　擔心的是他度量不夠，

故深折其少年剛銳之氣，　　　所以重重地挫折他年輕人剛強尖銳的性子，

使之忍小忿而就大謀。　　　　使他能夠忍着小小的憤怒而成就重大的計謀。

何則？　　　　　　　　　　　為甚麼呢？

非有平生之素，　　　　　　　（就因為）並不是有平時的舊交情，

卒然相遇於草野之間，　　　　忽然相遇在野外，

而命以僕妾之役，　　　　　　竟然呼呼喝喝要他做奴僕婢妾的工作，

油然而不怪者，　　　　　　　卻可以順順滑滑地照做，毫不怪責對方。

此固秦皇帝之所不能驚，　　　這確實是秦始皇所嚇不倒，

而項籍之所不能怒也。　　　　楚霸王所激不怒的（器量功力）了。

❶ 逆：即「迎」。

四

觀夫高祖之所以勝,	（我們）看高祖之所以勝利,
而項籍之所以敗者,	項籍之所以失敗,
在能忍與不能忍之間而已矣。	就在能忍耐與不能忍耐之間罷了。
項籍唯不能忍,	項籍就因為不能忍耐,
是以百戰百勝而輕用其鋒;	所以百戰百勝,但卻是過於輕率地損耗了自己的鋒銳;
高祖忍之,	高祖能夠忍耐,
養其全鋒而待其弊。	保全自己整個力量而等待對方衰疲。
此子房教之也。	這是子房教他的辦法啊。
當淮陰破齊而欲自王❶,	當韓信破了齊國而想要自己稱王的時候,
高祖發怒,	高祖大大的憤怒,
見❷於詞色。	說話、面色都顯露出來了。
由此觀之,	由此看來,
猶有剛強不忍之氣,	（他）仍然有剛強不能忍耐的脾氣,
非子房其誰全之?	不是子房的話,誰能夠成全他的事業呢?

❶ 王：稱為王者,音「旺」。劉邦被項羽困於滎陽時,韓信卻奪得齊地而遣使要劉邦封他為「假（代理）王」。劉邦大怒,正想痛罵,張良立即暗中提醒他當前絕對不可激反韓信,劉邦醒覺,即時改變罵的方式說:「大丈夫平定諸侯,就是真王了,假甚麼!」立即傳令封韓信為齊王。項羽既滅,韓信被降為淮陰侯,最後被呂后斬於未央宮。

❷ 見：即「現」。

五

太史公疑子房，	司馬遷曾經懷疑子房（的樣子），
以為魁梧奇偉，	以為（他）高大威猛，
而其狀貌乃如婦人女子，	怎知實際的相貌卻像個小姑娘，
不稱其志氣。	和他的志向、氣度毫不符合。
嗚呼 ❶！	唉！
此其所以為子房歟！	這就是子房之所以為子房吧！

❶ 某些版本或無「嗚呼」，改作「而愚以為⋯⋯」。

【賞析】

　　這是一篇富有戰國策士縱橫之氣的歷史人物論說文章，抓住一個高人一等的觀點，以淵博的學識、暢健的文筆、精煉的語句、動人的例子，立正破反，往來申說，感染力極強，是打動讀者、表現才氣的藝術品——當然，立論並不一定足夠全面。

　　「忍小忿而就大謀」，是本文的中心論點，開端幾句，便佔定地步，指出豪傑過人的大勇，就在能忍常人之所不忍。跟着便為主角人物張良的受書圯上老人一事翻案，以破除俗見——一是以為鬼怪，二是所謂秘笈。循着「其意不在書」一句，下文就展開正反互用的滔滔議論，論證其意實在於「忍」。

　　「反」就是指出「不能忍」的無益。第一是時勢未到：「其鋒不可犯」，雖賁、育無功，何況張良；第二是犧牲無用：以蓋世之才，未得大用而冒死亡之險，太不值得。（甚至還可以作本文未有提到的推論：張良的復仇

對象是秦而不只是始皇一人，如果他甚至前此的荊軻行刺成功，繼位者如扶蘇等非如二世之昏暴，可能以寬濟猛，秦祚或者延長。這點，前人也有說過。）

跟着是「鄭伯」與「勾踐」兩個歷史上以忍致功的正面例子。然後申明老人的用心，在故意試煉張良，使他像孟子所謂「動心忍性，增益其所不能」，於是造就了「秦皇所不能驚，項籍所不能怒」的修養，而成全了劉邦的帝業。劉項的對比，以至劉邦前後、張良前後的「能忍與不能忍」的對比，都有力地證明了本文的主旨。

最後還附帶似閒筆非閒筆的兩三句：立大志、成大業的張良，原來貌如婦人女子。以弱敵強，以柔制剛，以能忍勝不忍，這常常是女勝於男的長處，也可說是黃老之道的長處，更是張良之受到一擊不中的教訓之後，再啟發鍛煉於圯上老人然後獲致的長處。這一切，都留待讀者去引申、去聯想。餘音裊裊，增加了文章的波瀾與趣味，又不止像主菜之後的甜品了。

當然，漢勝楚敗，條件多端；即使把「能容人用人與否」歸入「能忍與否」一類，也有其他因素。蘇軾青年時期的應制進論之作，難免氣勢磅礡，而以偏概全。待得他閱歷更多，讀書更富，文章更醇，成就便遠遠超出他善為策士之文的父親了。

賣柑者言

劉
基

【作者】

　　劉基（1311 至 1375 年），字伯溫，浙江青田人，生於元末，一度厭亂隱居，著《郁離子》二卷，以諷世。朱元璋起兵，他應邀輔助，建立明朝，封「誠意伯」。最後因遭忌，憂憤去世。

【題解】

　　在政治腐化、文恬武嬉之世，憤慨時局的作者，以寓言體裁，借賣柑者的「小欺」和辯解，諷刺那些達官貴人的「大欺」—— 他們喜歡擺架子、鬧排場、精於包裝、善於做表面工夫，「金玉其外」，而實在「敗絮其中」，結果敗壞了整個社會。

【譯注】

一

杭有賣果者，	杭州有個賣水果的人，
善藏柑，	善於貯藏柑子，
涉寒暑不潰。	經過寒天暑天，都不潰不爛。
出之燁❶然，	拿出來（外皮）光光亮亮的，（將熟未熟地，）
玉質而金色；	玉般的質地，金般的顏色，
置於市，	拿到市場上，
價十倍，	價錢（比人）貴上十倍，
人爭鬻之。	（但是）人們（還是）爭着購買。
余貿得其一，	我買了一個，
剖之，	一切開，
如有煙撲口鼻；	就像有股煙塵撲向口鼻；
視其中❷，	看看它裏面，
則乾若敗絮！	原來乾枯得像破棉絮！
予怪而問之曰：	我覺得奇怪，就問那果販說：
「若❸所市於人者，	「你所賣給人的，
將以實籩豆，	是準備拿來裝在盤子碟子上面，
奉祭祀、	供奉祭祀神靈，
供賓客乎？	招待賓客呢，
將衒外以惑愚瞽乎？	抑或是外表弄得非常吸引，去愚弄那些傻瓜和瞎子呢？

甚矣哉為欺也！」　　　　　　太過分了，這樣地欺騙！」

❶ 燁：音「葉」，光彩燦爛。

❷ 坊本或作「剖其中」，而無以「置於市」以下六句。

❸ 若：即「汝」、「爾」。

二

賣者笑曰：　　　　　　　　　那賣柑的人笑道：
「吾業是有年矣，　　　　　　「我幹這行許多年了，
吾賴是以食吾軀。　　　　　　我就靠這個生意，來養活自己。
吾售之，　　　　　　　　　　我賣它，
人取之，　　　　　　　　　　人買它，
未聞有言；　　　　　　　　　從來沒有聽到甚麼話，
而獨不足於子所乎？　　　　　卻單單你閣下不滿意嗎？
世之為欺者不寡矣，　　　　　世上弄欺騙手段的人多着呢，
而獨我也乎？　　　　　　　　難道只有我嗎？
吾子未之思也！　　　　　　　我的先生呀，你沒有好好想過罷了！

三

今夫佩虎符、　　　　　　　　如今（那些）佩帶着兵符、
坐皋比 ❶ 者，　　　　　　　　坐在虎皮交椅上的人，
洸洸乎干城 ❷ 之具也；　　　　威風凜凜地，真像是保衛國家的好
　　　　　　　　　　　　　　像伙呀，

果能援孫、吳 ❸ 之略耶？	他們真的能夠有孫武、吳起般的策略，去教人打仗嗎？
峨大冠，	（那些）頂着大帽子，
拖長紳者，	拖着長長襟帶的人，
昂昂乎廟堂 ❹ 之器也；	神氣昂昂地，真像是主持政治的好人才呀，
果能建伊、皋 ❺ 之業耶？	他們真的能夠建立伊尹、皋陶般的事業嗎？
——盜起而不知御，	——盜賊起來了，卻不知道駕御；
民困而不知救，	百姓困苦了，卻不知道救援；
吏奸而不知禁，	官吏奸邪了，卻不知道禁止；
法斁 ❻ 而不知理，	法紀敗壞了，卻不知道整頓，
坐糜廩粟而不知恥！	（他們只是）坐着不做事，虛耗國家倉庫的米糧，卻不知道羞恥！
觀其坐高堂，	看他們坐在高高的廳堂，
騎大馬，	騎着大大的馬匹，
醉醇醴而飫肥鮮者，	喝足了美酒，吃飽了魚肉那個樣子，
孰不巍巍乎可畏，	哪個不是高貴到十分值得敬畏，
赫赫乎可象也？	顯赫到十分值得效法呢？
又何往而不金玉其外，	（其實）又哪裏不是外邊如金似玉，
敗絮其中也哉！	裏面不過是爛棉絮呢！
今子是之不察，	現在先生你啊，這類大騙子不去查究，
而以察吾柑！」	卻來查究我（小小）的柑！」

1. 皋比：虎皮。

2. 干城：捍衛城池。

3. 孫、吳：孫武、吳起，戰國軍事家。

4. 廟堂：宗廟、殿堂。

5. 伊、皋：伊尹，商湯之相；皋陶，虞舜之大臣。

6. 斁：音「杜」，敗壞之意。

四

予默然無以應。	我沒話好說，不知道怎樣回答他。
退而思其言，	回來想想他的話，
類東方生滑稽 ❶ 者流。	像是東方朔一類以滑稽來諷刺世事的人。
豈其憤世嫉邪者耶？	難道他是憤慨世事，憎恨邪惡的人嗎？
而託於柑以諷耶？	並且因此假借柑子來諷刺的嗎？

❶ 漢武帝時，東方朔善以機智風趣的譬喻，謔而不虐的反諷，針砭時弊，勸諫君主。見《史記·滑稽列傳》。

【賞析】

現代一位偉大的中國政治家揭示：「政治是管理眾人之事。」但眾人往往只能看到外表包裝；一個著名的政客坦白承認：「政治是高明的騙術。」但只要人心不死，總會為欺騙而憤慨。

作者為賣柑者的「欺」而小憤，賣柑者代表千千萬萬的「被統治者」為大人高官的「欺」而大憤。憤慨之情，發而為針砭之文，文中的所謂「金玉其外，敗絮其中」，就成了千古名句。

　　這篇針砭之文，用的不是莊重的論說筆調，而是類似現代新聞特寫、專欄雜文、以至所謂「小小說」的筆法，記述 —— 甚至構擬 —— 一件市井欺詐的小事，來控訴、譏刺那些欺世盜祿、影響國運民命的大騙子。

　　本文託喻以諷，銳健活潑。最後幾句點明感慨之由，其實也不妨省略過去，戛然而止於賣柑者憤慨的話，讓讀者警醒回味，可能更有勝處。至於「欺於市」的小惡是否可以因「欺於政」的大惡而遮掩、消失，那就關乎邏輯思維的問題了。

獄中雜記（節錄）

方苞

【作者】

　　方苞（1668至1749年），字鳳九，號靈皋，又號望溪，清安徽桐城人。康熙進士。四十四歲時，同鄉好友戴名世《南山集》因尊念明室、被構陷下獄，株連甚眾，方苞亦在其中，入獄二年，幾死。清帝愛其才，得釋出仕。方氏論學崇尚程朱，為文宗法韓歐，倡導「言之有物」的「義」和「言之有序」的「法」，弟子劉大櫆，再傳姚鼐，於是形成清代最大的散文流派 —— 桐城派。

【題解】

方苞因《南山集》案下刑部獄時，親歷其中黑暗慘酷情況，後來記述見聞而成，原文甚長，此處節錄其中有關行刑一節。

【譯注】

凡死刑獄上，	凡判死刑的案件一旦奏上（準備執行），
得刑者先俟於門外，	行刑的人就先等在牢房外邊，
使其黨入索財物，	派他的同黨進去勒索金錢物品，
名曰：「斯羅」。	叫做「斯羅」。
富者就其戚屬，	富有的，便找他的親戚家人，
貧則面語之。	貧窮的，就當面談條件。
其極刑 ❶，	如果是凌遲，
曰：	就說：
「順我，	「順從我，
即先刺心；	便先刺心臟，
否則，	否則，
四肢解盡，	就四肢都斬開了，
心猶不死。」	心還會跳（，你還有感覺）。」
其絞縊，	如果是絞刑，
曰：	就說：
「順我，	「順從我，

始縊即氣絕；
否則，
三縊加別械，
然後得死。」
唯大辟無可要❷，
然猶質其首。
用此，
富者略數十百金，
貧者亦罄衣裝。

絕無有者，
則治之如所言。
主縛者亦然。
不如所欲，
縛時即先折筋骨。
每歲大決❸，
勾者❹十三四，
留者十六七，

皆縛至西市❺待命。
其傷於縛者，
即幸留，
病數月乃瘳，
或竟成痼疾❻，
余嘗就老胥而問焉：

第一絞，便斷氣；
否則，
絞到第三次，還要加上別的刑具，
才讓你死。」
只有殺頭就沒有甚麼好要脅了，
但是仍然扣留斬下來的頭作為勒索。
就這樣，
富有的用了一百幾十兩銀子做賄賂，
窮的也要把衣物典當淨盡（才能應
付）。

如果一點錢都拿不出，
那就像他們所説的對付了。
負責綑綁的也是如此。
如果不能滿足他們的勒索，
綑綁的時候，就先弄斷筋骨。
每年秋後處決，
勾出要立即處死的十分之三、四，
未有勾出，暫時保留活命的十分之
六、七，
都綑綁到西市刑場等待命令。
那些綑綁受傷的人，
即使幸運留下性命，
也要療治好幾個月才會痊癒，
有的甚至變成終身殘廢。
我曾經向一個老差役請問，説：

「彼於刑者縛者，	「他們對那些被處決、被綑綁的人，
非相仇也，	又不是有甚麼仇恨，
期有得耳；	希望撈些油水而已；
果無有，	如果真的拿不出錢，
終亦稍寬之，	最後還是放鬆一些，
非仁術乎？」	不也是一件好事嗎？」
曰：	他說：
「是立法以警其餘，	「這是要做好規矩，來嚇嚇其他犯人，
且懲後也。	而且作為後來的警告。
不如此，	如果不是這樣，
則人有倖心。」	就人人都企圖僥倖了。」
主梏朴者亦然。	負責上刑具、打板子的也是這樣。
余同逮以木訊者三人：	跟我一同被捕受審、挨過夾棍的三個人，
一人予二十金，	一個給了二十兩，
骨微傷，	骨頭受了點輕傷，
病間月；	醫了個多月；
一人倍之，	另一個人給了雙倍代價，
傷膚，	只受了皮外傷，
兼旬愈；	廿天就好了；
一人六倍，	再一個人花了六倍的銀子，
即夕行步如平常。	當晚就和平常一樣行走。
或叩之曰：	有人問那差役：
「罪人有無不均，	「犯人貧富不相等，

既各有得，
何必更以多寡為差？」

已經都拿到錢了，
何必更以賄賂的多少來分別對待
呢？」

曰：
「無差，
誰為多與者？」
——孟子曰：
「術不可不慎❼」，
信夫！

他說：
「不分別對待，
誰肯多給銀子？」
——（唉！）孟子說：
「選擇職業不可以不謹慎」，
這話說得真對呀！

❶ 極刑：最殘酷的刑罰。一般指死刑，此處是先斷裂肢體（磔）、或碎割全身
（剮）使受盡痛苦，最後才死。

❷ 大辟：斬首。要：要脅，音「腰」。

❸ 大決：古代執行死刑，都在秋天，以配合肅殺的季節，又稱「秋決」。

❹ 勾者：清制，每年八月，刑部呈報處死者名單，請皇帝審核決定，以硃筆勾者
立即執行，未勾者暫緩處理。

❺ 西市：清代北京執行死刑處，即今菜市口。

❻ 痼疾：痼，久病，音「固」。

❼ 語出《孟子‧公孫丑上》篇。造弓箭的，唯恐射不死人，造盔甲的，唯恐保護
不了人，替人祈福和售賣棺材的分別也是如此，所以孟子這樣說。

【賞析】

「賞析」對本文實在是不宜的，因為其中所說，只是黑暗腐敗的監獄之中無數慘酷事情之一，但是已經令人不寒而慄，獄卒、劊子手的猙獰殘忍，實在比禽獸還要禽獸！然而作者還是抑制着、冷靜地扼要敘述，生動地繪影繪聲，讓事實說話，到忍無可忍時，才慨歎那一言半句，這也是方苞的文章特點。

登泰山記

姚
鼐

【作者】

　　姚鼐（1732 至 1815 年），字姬傳，號惜抱，清安徽桐城人。乾隆進士，一度為官，並任《四庫全書》編纂，其後歷主各大書院講席四十餘年。治學以義理、考據、詞章三者並重，而成就多在古文，學於姚範、劉大櫆，師法方苞而上追歐陽修、曾鞏，文章雅淡從容，主張以格、律、聲、色而求神、理、氣、味，以得陽剛或陰柔之美，門人甚眾，所選《古文辭類纂》為世所宗，是「桐城派」的集大成者。

【題解】

　　姚鼐四十三歲（乾隆三十九年冬，1775 年初）時，遊覽號稱「五嶽之長」的泰山，寫了這篇遊記，其中在日觀峰觀看日出一段是全文核心，最為有名。

【譯注】

一

泰山之陽，	泰山的南面，
汶水西流；	汶水向西流，
其陰，	北面，
濟水東流。	濟水向東流。
陽谷皆入汶，	南面山谷的水都流入汶水，
陰谷皆入濟。	北面的就都入濟水。
當其南北分者，	南北山谷分界的地方，
古長城 ❶ 也。	就是古代長城的遺址了。
最高日觀峰，	最高的日觀峰，
在長城南十五里。	在長城南面十五里的地方。

　　❶　古長城：戰國時齊所築。

二

余以乾隆三十九年十二月，
自京師乘風雪，
歷齊河、長清，
穿泰山西北谷，
越長城之限，
至於泰安。
是月丁未，
與知府朱孝純子穎，
由南麓登。
四十五里，
道皆砌石為磴❶，
其級七千有餘。

❶ 磴：石級。

我在乾隆三十九年十二月，
由京城冒着風雪出發，
經過齊河、長清兩縣，
穿過泰山西北面的谷地，
越過長城的界線，
抵達泰安。
這個月的丁未（二十八日），
（我）和知府朱孝純（子穎），
由南面山腳登山，
四十五里（的山路），
都是用石板砌成台階，
總共有七千多級。

三

泰山正南面有三谷。
中谷繞泰安城下，
酈道元所謂「環水❶」也。
余始循以入，
道少半，
越中嶺，

泰山的正南面有三個谷溝。
中間那個繞過泰安城下，
就是酈道元所説的「環水」了。
我（們）開始順着它進去，
路走了一小半，
翻過中嶺，

復循西谷，	又沿着西邊那個山谷走，
遂至其巔。	就到了山頂。
古時登山，	古時（的人）登山，
循東谷入，	（總）循着東面谷溝進去，
道有「天門」。	路上有座「天門」。
東谷者，	東邊這條谷溝，
古謂之「天門溪水」，	古時就稱為「天門溪水」，
余所不至也。	是我（們）所未有走過的。
今所經中嶺及山巔崖限當道者，	現在所經過中嶺和山頂，（凡是）有山崖限線橫在路上的，
世皆謂之「天門」云。	人們都稱之為「天門」了。
道中迷霧冰滑，	一路上雲霧迷漫，地上冰滑，
磴幾不可登。	石級幾乎不能登上。
及既上，	到上了（山頂），
蒼山負雪，	（就見到）深青山的山，馱着白雪，
明燭天南。	明明亮亮地照着南方的天空。
望晚日照城郭、汶水、徂徠如畫；	遠望黃昏的太陽映照着城牆、汶水和徂徠山，如同圖畫一般；
而半山居霧 ❷ 若帶然。	而半山腰停留着的霧，像條衣帶似的。

❶ 酈道元：北魏人，所提到的「環水」見其名著《水經注·汶水》。

❷ 居霧：停定的霧。

四

戊申，晦，五鼓，	戊申（二十九日），（這天是）月底，五更天，
與子穎坐日觀亭，	（我）和子穎坐在日觀亭上，
待日出。	等待太陽出來。
大風揚積雪擊面。	（那時，）大風捲起積雪，打在臉上。
亭東自足下皆雲漫。	亭子東邊，從腳下開始，都是雲霧迷漫，
稍見雲中白若樗蒱 ❶ 數十立者，	隱約看到雲海裏面白白的像骰子般幾十顆站在那裏的，
山也。	都是些山峰。
極天雲一線異色，	在天的盡頭，雲層上有一線奇異的色彩，
須臾成五采，	片刻之間，變成五光十色，
日上，	太陽一升起來，
正赤如丹，	正紅色像硃砂般，
下有紅光動搖承之。	下面有一片晃動着的紅光承托着它。
或曰：	有人說：
此東海也。	這就是東海了。
回視日觀以西峰，	回頭看日觀峰以西的山峰，
或得日，或否，	有些受到陽光，有些還未照到，
絳皓駁色，	有些紅、有些白，顏色錯雜，
而皆若僂。	卻都像彎腰曲背的樣子。

亭西有岱祠 ❷，　　　　　　　（日觀）亭的西面，有岱祠，

又有碧霞元君祠 ❸，　　　　　又有碧霞元君祠，

皇帝行宮 ❹ 在碧霞元君祠東。　皇帝的行宮在碧霞元君祠的東面。

是日，　　　　　　　　　　　　這天，

觀道中石刻，　　　　　　　　　觀賞了路上的石刻，

自唐顯慶以來，　　　　　　　　是從唐高宗顯慶年間以來的，

其遠古刻盡漫失。　　　　　　　至於那些年代久遠的，全都消蝕
　　　　　　　　　　　　　　　模糊。

僻不當道者，　　　　　　　　　偏僻不在路旁的，

皆不及往。　　　　　　　　　　也都來不及去（看）了。

❶　樗蒲：骰子。

❷　岱祠：即東嶽大帝廟。

❸　碧霞元君祠：即娘娘廟，元君相傳為大帝之女。

❹　行宮：帝王外出時的居所。

五

山多石少土，　　　　　　　　　（泰山）山上石頭多，泥土少，

石蒼黑色，　　　　　　　　　　石頭是蒼黑色的，

多平方，　　　　　　　　　　　多數方方正正，

少圓。　　　　　　　　　　　　很少是圓形的。

少雜樹，　　　　　　　　　　　雜樹很少，

多松、　　　　　　　　　　　　松樹很多，

生石罅，　　　　　　　　　　　生長在石縫裏，

皆平頂。	都是平頂的。
冰雪，	冰雪到處都是，
無瀑水，	沒有瀑布，
無鳥獸音迹。	也沒有鳥獸的聲音和蹤迹。
至日觀數里內無樹，	到日觀峰的幾里內，完全沒有樹，
而雪與人膝齊。	而積雪深到人的膝蓋。
桐城姚鼐記。	桐城姚鼐記。

【賞析】

　　泰山是莊嚴的，桐城文風是崇尚雅潔的，這篇姚鼐名作便是一篇峻潔的文章 —— 整體地給人以莊重、冷靜、精簡的感覺，虛字用得極少，感情色彩的語句幾乎沒有。與柳宗元〈始得西山宴遊記〉比較，風格的分別就更明顯不過了。

　　文章的層次很清楚，首先幾筆勾勒出泰山附近的形勢，點出最高的日觀峰，作為下文焦點。第二、三兩段，寫由京城而泰安、由山麓而山頂的「登」的路程，中間自然地嵌入了一些地名的小考證。第四段着力描寫日觀峰觀日出，細緻逼真，「蒼山負雪，明燭天南」兩句，尤其高雅傳神，「負」字尤其千錘百鍊，表現了巍巍泰岱的擔當形象，而由第二段開始直到篇末，「雪」都作為重要襯托，而又絕不佔奪「山」的主體位置。前人以「典要凝括」四字形容本文，可謂得之。

亡妻龔氏壙銘

彭績

【作者】

彭績（1742 至 1786 年），字其凝，又字秋士，清江蘇長洲人，一生未仕。

【題解】

壙銘即墓銘，以簡短文字，或韻或否，刻於墓穴碑版，以概括死者一生功德。作者在亡妻卒後兩年（1778 年）下葬時寫了本文。

乾隆四十三年九月朔，　　　　　乾隆四十三年九月初一日，

彭績秋士具舟，　　　　　　　　彭績（秋士）準備了船，

載其妻龔氏之柩，　　　　　　　載了他的亡妻龔氏的棺柩，

之❶吳縣九龍塢彭氏墓，　　　　到吳縣九龍塢彭家的基園，

翌日葬之。　　　　　　　　　　下一天葬了她。

龔氏諱❷雙林，　　　　　　　　龔氏名叫雙林，

蘇州人，　　　　　　　　　　　蘇州人，

先世徽州人，　　　　　　　　　先世是徽州人，

國子生諱用鰲之次女，　　　　　國子生龔用鰲的次女，

處士❸諱景騤之冢❹婦。　　　　處士彭景騤的大媳婦。

嫁十年，　　　　　　　　　　　嫁了十年，

年三十，　　　　　　　　　　　三十歲，

以疾卒，　　　　　　　　　　　因病逝世，

在乾隆四十一年二月之十二日。　在乾隆四十一年二月十二日。

諸姑兄弟哭之，　　　　　　　　一班親人都為她而傷心哭泣，

感動鄰人。　　　　　　　　　　鄰里的人都為之感動。

於是彭績始知柴米價，　　　　　（她去世以後，）丈夫彭績才知道
　　　　　　　　　　　　　　　生活擔子的沉重，

持門戶不能專精讀書。　　　　　為了料理日常家事，再不能專心讀
　　　　　　　　　　　　　　　書了。

期年，　　　　　　　　　　　　一周年之後，

髮數莖白矣。　　　　　　　　　頭髮也白了好幾條了。

銘曰：　　　　　　　　　　　　銘文是：

作於宮 ❺，　　　　　　　　一生忙碌於家庭之中，

息土中，　　　　　　　　從此安息於大地之中，

吁嗟乎，龔！　　　　　　唉！這樣一位好妻子──龔！

❶　之：往。

❷　諱：已死者的名字。通常用於尊、平輩。

❸　處士：沒有做官的士人。

❹　冢：高的墳、丘之類（今作「塚」），引申為「首長」之意。

❺　宮：家室。

【賞析】

　　刻在石上的長篇的墓誌和短篇的墓銘，當初本來是為了恐怕陵谷變遷，後人不知道死者是誰，因此而有的；而家族鄉土觀念濃厚，又是中國長久的傳統，所以，死者的姓名、年齡、籍貫、家世、葬地、葬期等等，是必須交代的。龔氏早逝，生前又盡瘁於家庭主婦之職，使那位典型舊社會文人能夠安心讀書，別無功德可述，所以就從親人的悲哀，鄰里的感動，特別是作為丈夫的忽然發覺妻子不可或缺的地位與貢獻，映襯龔氏的賢惠。最後的銘文，協韻的三句，總共不過十個字，而死者一生的勞累，從此的安息，生者的呼喚與懷念，盡在其中，可謂「以少許勝人多許」。

病梅館記

龔
自
珍

【作者】

　　龔自珍（1792 至 1841 年），字璱人，號定盦（庵），清浙江仁和（今杭州）人，道光時進士，精通經史、小學，熱心經世致用之學，洞悉時弊，呼籲改革，詩文有奇氣，立意新穎，詞鋒凌厲，富於感動力量。限於年壽與時代條件，未能大用。曾作禮部主事，中年辭官南歸，不久在丹陽急病去世。有《龔自珍全集》。

【題解】

　　龔氏以文人畫士，每每以梅花的病態為美，影響所及，使江浙的梅花

都不健康，於是設「病梅館」作為療養康復之所。本文又名〈療梅記〉，就是記述這個動機與經過。—— 他的真正用意，是借梅託諷，痛心制度與風氣不良，扼殺人才，難以應付山雨欲來的時代大變，希望可以喚起人心，改良現實。

【譯注】

一

江寧之龍蟠，	南京（清涼山下）的龍蟠里，
蘇州之鄧尉，	蘇州（太湖旁邊）的鄧尉山，
杭州之西谿，	杭州（靈隱山畔）的西溪，
皆產梅。	都產梅花。
或曰：	有人說：
梅以曲為美，	梅的（枝幹）以彎曲為美，
直則無姿；	直就沒有姿態了；
以敧 ❶ 為美，	以橫斜為美，
正則無景；	正就沒有景觀了；
梅以疏為美，	以稀疏為美，
密則無態。	密就沒有風神了。
固也。	大概是這樣吧。
此文人畫士，	對於這些講法，文人畫士
心知其意，	心裏卻明白它的意思，
未可以明詔大號，	卻不便公開下令，大力號召，

以繩 ❷ 天下之梅也；　　　　　用來衡量天下的梅樹，

又不可以使天下之民，　　　　也不能夠叫天下的老百姓，

斫直、刪密、鋤正、　　　　　都去砍掉直的、刪除密的、鋤去
　　　　　　　　　　　　　　正的，

以殀梅、病梅為業以求錢也。　以使梅早死、疾病為職業來賺錢。

梅之攲、之疏、之曲，　　　　梅的橫斜、稀疏、彎曲，

又非蠢蠢求錢之民，　　　　　又不是那些愚昧而只知賺錢的百姓，

能以其智力為也。　　　　　　能以他們的智慧力量來做得到的。

有以文人畫士孤癖之隱，　　　有人就以文人畫士這種特有癖好的
　　　　　　　　　　　　　　秘密，

明告鬻梅者，　　　　　　　　明明白白地告訴賣梅樹的人。

斫其正、　　　　　　　　　　（他們就）斫掉正的、

養其旁條，　　　　　　　　　養育它旁斜生出的枝條；

刪其密，　　　　　　　　　　刪除密的，

殀其稚枝，　　　　　　　　　使它的嫩枝早死；

鋤其直，　　　　　　　　　　鋤去直的，

遏其生氣，　　　　　　　　　壓抑它的生命力量，

以求重價，　　　　　　　　　用以求得貴重的價格，

而江浙之梅皆病。　　　　　　於是整個江蘇、浙江地區的梅就都
　　　　　　　　　　　　　　成了殘病。

文人畫士之禍烈至此哉！　　　文人畫士所造成的禍害，竟嚴重到
　　　　　　　　　　　　　　這個地步呀！

---

❶ 攲：傾斜，音「欺」。在「支」部，與歎息之「欹」異。坊本多誤。

❷ 繩：工匠以墨線拉直，以衡量材料是否彎曲。

二

予購三百盆，
皆病者，
無一完者。
既泣之三日，
乃誓療之、縱之、順之。

毀其盆，
悉埋於地，
解其棕縛，
以五年為期，
必復之、全之。
予本非文人畫士，
甘受詬厲，
辟病梅之館以貯之。
嗚呼！
安得使予多暇日，
又多閒田，
以廣貯江寧、杭州、蘇州之病梅，
窮予生之光陰以療梅也哉！

我買了三百盆（梅），
都是病的，
沒有一盆是健全的。
為它們哭了三天之後，
就發願要醫好它們、解放它們、順應它們的天性。

（首先）毀掉了那些盆，
統統（把樹）種回大地裏，
解除了綑綁它們的棕繩，
以五年做期限，
一定要使它們康復、健全。
我本來就不是文人畫士，
甘願接受辱罵，
開設了一所「病梅館」來安置它們。
唉！
怎樣才可以讓我多一些閒暇的日子，
又有更多空曠的土地，
用來大量安置南京、杭州、蘇州各地的病梅，
並且盡我一生的時間去治療它們呢！

【賞析】

　　人才，是社會的棟樑、國家民族的命脈。出於不可告人的自私，而壓抑人才，摧殘人才，扭曲人性，是極大的罪惡。龔自珍這篇不足三百字的名篇，是真正儒者憂患意識的代表作，是山雨欲來的大時代警號，是晚清改革的先聲。他著名的〈己亥雜詩〉之一：

　　「九州生氣恃風雷，萬馬齊瘖究可哀！

　　我勸天公重抖擻：不拘一格降人才！」

　　長久以來，滿清政權，就是利用八股科舉，加上部族統治的猜忌，高壓懷柔交替運用，「去人之廉，以快號令；去人之恥，以嵩高其身」，只有最高統治者為「剛」，而朝廷百官以至億萬黎庶為「柔」，奴才庸才盈天下，而內憂外患與日俱深。在洶湧的西潮沖開天朝大門的前夕，極少數的先知先覺者已經感觸到時代的脈搏，正如他的知己好友、近代學術的啟蒙大師魏源所呼籲正視的當世大病 ——「人心之寐患」（人心胡胡塗塗）、「人才之虛患」（人才零零落落）。龔自珍在〈乙丙之際著議第九〉、〈古史鈎沉論第一〉等文章，作了嚴肅的議論，在這篇蒼涼、沉痛的散文小品，他又深刻地寄託了感慨與主張：要恢復正直、要拯救人才、要解放思想！

　　誰是文中的梅？誰是文人畫士？誰去明告鬻梅者？誰是……不是昭然若揭了嗎？

雜記（東西蟻大戰）

薛福成

【作者】

薛福成（1838至1894年），字叔耘，號庸盦，江蘇無錫人，清末外交家，曾國藩、李鴻章幕僚，曾出使英、法、意、比等國，對歐西君主立憲、振興工商等長處，以其所長古文力加表揚，影響當時甚大。

【題解】

本文是〈雜記〉四首之一，和他篇（例如〈貓捕雀〉）一般，都是記述常見瑣事，發掘其中意義，以發人深省。題目是本書所加，並非原有。

【譯注】

一

階前兩蟻穴，	階前有兩個蟻穴，
東西相望。	一東一西地相對。
天將雨，	天將要下雨，
蟻背穴而鬥。	分別背着自己的穴，兩群蟻正在戰鬥，
西蟻數贏什伍，	西穴的蟻戰鬥兵員比較多，
東蟻敗，	東穴的蟻敗了，
乘勢麾之，	西蟻乘優勢追迫，
將傅壘❶矣。	快要攻到東蟻的巢穴了。
東蟻紛奔告急，	東蟻紛紛奔走回巢通訊求救，
渠❷出穴如潮湧，	忽然大批蟻兵從東穴潮水般湧出來，
濟❸師可三倍，	軍隊增加了差不多三倍。
逆❹諸礎下。	在柱底下的石墩迎戰敵軍。
相齧❺者、	（兩陣蟻軍）互相噬咬的，
相擒者、	互相擒捉的，
勝相唊者、	勝了而號召追殺的，
敗相救者、	敗了而互相拯救的，
相持僵斃不動者，	相持不下，僵硬像死了般不動的，
沓然眩目。	紛雜得令人看得眼花撩亂。
西蟻伏屍滿階，	西蟻戰死極多，屍骸滿佈階上，
且戰且卻。	一面戰鬥，一面退卻。

又有蟻自穴中出，　　　　　　　（這時，西邊）又有蟻從巢穴出來，

向東蟻若偶語者，　　　　　　　向着東蟻好像交談一番，

蓋求和也。　　　　　　　　　　大抵是求和了。

東蟻稍稍引退，　　　　　　　　東蟻於是稍為向後撤退，

西蟻亦分道收屍。　　　　　　　西蟻也分開幾條路線收屍回穴。

明日視之，　　　　　　　　　　到明天再看，

則西蟻徙穴益西，　　　　　　　原來西蟻把巢穴徙往更西一點，

無敢東首者矣。　　　　　　　　不敢向東發展了。

❶　傅：通「附」，附着、迫近。壘：堡壘，陣營。

❷　渠：大。

❸　濟：增援。

❹　逆：迎。

❺　齮：咬嚙，音「倚」。

二

夫蟻，　　　　　　　　　　　　這些蟻嘛，

智相若，　　　　　　　　　　　知識程度差不多，

力相等，　　　　　　　　　　　力量也一樣，

兩陣交鋒，　　　　　　　　　　兩陣交鋒起來，

數多者勝。　　　　　　　　　　那邊數目多，就會戰勝。

蟻似能用其眾者，　　　　　　　蟻好像能夠進行大軍團戰爭的樣子，

然倏忽之間而勝負異焉，　　　　但是轉眼之間，勝敗形勢就改觀了。

則一勝烏足恃哉！　　　　　　　這樣看來，一次的戰勝又怎可靠呢！

余以是知天道好還 ❶，
而盛衰之不常也。

我因此明白：天理是喜歡循環的；
興盛與衰微也不是固定不變的啊！

❶ 天道好還：語出《老子》，原意是戰爭的勝負不是永恆的，盛衰循環是大自然
　 的道理。

【賞析】

　　如果有造物主、或者世外巨靈的話，他們眼中的「秦晉殽之戰」，以
至歐洲大戰、太平洋大戰之類，大概就是本文所描寫的東西兩大集團的螞
蟻雄兵的「世紀之戰」了。老天爺快要下雨，雨會無分東西地淹沒眾生，
然而群蟻仍然「爭城以戰，殺人盈城；爭地以戰，殺人盈野」，這真是眾
生的無奈與悲哀。

　　不過，作者的着眼點並不在這裏。作為屢敗於西方殖民帝國的東
方文明古國的使臣，作為讀過看過許多東西方戰爭歷史與圖像的文章高
手，他要傳達的信息，是古老的東方智慧：盛衰循環，禍福倚伏，勝不
足驕，敗非永敗。至於描寫得生動細膩，繪影繪聲，讀來有時已經分不
開是蟻是人了。

習慣說

劉
蓉

【作者】

　　劉蓉（1806 至 1873 年），字孟容，號霞仙，清湖南湘鄉人。曾助曾國藩辦湘軍。奉程朱理學，曾氏〈養晦堂記〉稱讚他「湛默而嚴恭，好道而寡欲」，善古文，是桐城派中堅人物。有《養晦堂詩文集》。

【題解】

　　古語說得好：「習與性成。」（《尚書・太甲上》）——性格影響了行事原則，不斷重複的行事方式形成習慣，又變為性格表現的一部分，所謂「習慣若自然也」（《孔子家語》），現代人說：「習慣為第二天性。」都是

這個道理。

　　所以，我們要特別謹慎「養成習慣」的開始。

　　本篇也就是申述這個道理。

【譯注】

一

蓉少時，	我年輕的時候，
讀書養晦堂❶之西偏一室。	在養晦堂西邊的一間房子裏讀書。
俯而讀，	低下頭唸一會書，
仰而思，	就仰起頭思想一下道理，
思而弗得，	思想不到答案，
輒起，	就往往起來，
繞室以旋。	在房子裏兜圈子。
室有窪徑尺，	房裏地上有個凹窪，尺多長直徑，
浸淫日廣，	漸漸一天大似一天，
每履之，	每逢踏着它，
足苦躓焉。	腳就要苦苦顛仆一下。
既久而遂安之。	不過日子一久，也就適應了。

❶　養晦堂：作者居所名稱，取《詩經·周頌·酌》「遵養時晦」，表示避開浮名虛
　　譽之意。

二

一日，父來室中，
顧而笑曰：
「一室之不治，
何以天下國家為 ❶？」
命童子取土平之。
後蓉履其地，
跮然以驚，
如土忽隆起者。
俯視地，
坦然則既平矣。
已而復然，
又久而後安之。

一天，父親來到房裏，
回頭望望這窪，笑道：
「一個房子都弄不好，
怎麼能辦天下國家的大事呢？」
就叫小僕人拿了泥土填平它。
以後，我再踏到那地方，
就像踢到甚麼東西般，突然一驚，
好像那地土忽然高起來的樣子。
低下頭看看，
卻原來早已是平平坦坦了。
一會，還是這樣。
又等到日子一久，也就再次適應了。

❶ 清代《禮記‧大學》，為士人必讀之書，以「修身、齊家、治國、平天下」為
修養人格的發展次序。

三

噫！
習之中人甚矣哉！
足履平地，
不與窪適也；
及其久，

唉！
習慣的影響人很厲害呀！
（本來）腳踏在平地，
並不和凹窪相適應啊，
到日子久了，

而窪者若平。	那凹窪就像平地一樣了。
至使久而即乎其故，	到時間長了，再踏到恢復平坦的那個地方，
則反窒焉而不寧。	就反而又有所阻滯而不安寧了。
── 故君子之學，	── 所以，有修養的人做學問，
貴慎始。	最緊要是謹慎於開始。

【賞析】

　　簡潔精煉的本文，用一個常有的生活體驗，論證「習與性成，學貴慎始」這個重要的道理。

　　第一段是習慣的養成 ── 小窪苦躓，久而安之；

　　第二段是習慣難改 ── 小窪既平，又驚其蹴；

　　第三段是上述事例的解說，最後兩句畫龍點睛，提出了本文的中心思想。